KB021009

달려라,
요망지게!

곽영미 지음

일러두기
제목에 쓰인 '요망지게'라는 말은 '야무지게'를 뜻하는 제주도 사투리입니다.

달려라, 요망지게!

ⓒ 곽영미, 2021

발행일 초판 1쇄 2021년 7월 19일
　　　　초판 4쇄 2023년 10월 31일
지은이 곽영미
편집 김유민
디자인 이진미
펴낸이 김경미
펴낸곳 숨쉬는책공장
등록번호 제2018-000085호
주소 서울시 은평구 갈현로25길 5-10 A동 201호(03324)
전화 070-8833-3170 팩스 02-3144-3109
전자우편 sumbook2014@gmail.com
페이스북 / soombook2014 트위터 @soombook

값 12,000원 | ISBN 979-11-86452-75-2
잘못된 책은 구입한 서점에서 바꿔 드립니다.

숨쉬는책공장 청소년 문학 시리즈는 청소년을 중심으로 너와 나,
우리가 건강하고 행복하게 숨 쉴 수 있는 세상을 꿈꾸고 만들어 가는 문학 작품을 담아냅니다.

숨쉬는책공장 청소년 문학 3

달려라, 요망지게!

곽영미 지음

숨쉬는
책공장

차례

1
중3, 우리는 농구부

'출발을 잘하자, 출발! 출발을 빨리!'

나는 손목과 발목을 풀며 계속 중얼거렸다. 결승선에서 나를 지켜보고 있는 핸드볼부 아이들이 어슴푸레 보였다. 농구부 아이들은 농구 경기 때문에 이곳에 올 수 없었다. 그나마 함께 있던 보미마저 곧 시작될 경기를 위해 선생님과 함께 800m 트랙으로 가고 없었다.

먼저 중학교 남자부 100m 결승전이 시작되었다. 예선전과 달리 결승전은 남녀 각각 한 조밖에 없어 금방 끝났다. 드디어 내 차례다.

달려라, 요망지게!

"자, 여자 선수 앞으로."

여덟 명의 여자아이들이 심판의 소리에 맞춰 각자 레인에서 스타팅 블록을 맞췄다. 나는 스타팅 블록의 발받침 각도를 조절하며 결승선에서 기다리는 농구부 아이들과 선생님의 모습을 떠올렸다. 눈앞에 없지만 있다고 생각했다. 그래야 더 잘 뛸 수 있을 테니. 스타팅 블록을 다 맞추고 내가 달릴 레인을 따라 결승선을 바라보았다. 결승선이 아득히 멀어 보였다. 진 선생님을 처음 만났던 날, 농구부가 돌연 육상부로 바뀌었던 일 그리고 한여름 지독한 합숙 훈련 모습이 마치 영화 필름처럼 빠르게 스쳐 갔다.

스타트 연습을 마친 아이들이 모두 자리로 돌아오자 심판은 총을 올리며 큰 소리로 외쳤다.

"제자리에."

나는 다리를 올려 긴장된 허벅지와 종아리 근육을 풀며 앞으로 나아갔다. 짧은 앞머리를 쓸어 넘기고 한숨을 크게 내쉬었다. 먼저 스타팅 블록에 왼발을 맞추고, 오른발을 갖다 대며 출발 자세를 잡았다. 왼쪽 다리에 꺾일 듯 잔뜩 힘이 들어갔다. 출발선에 두 손을 맞추자 손가락에 체중이 쏠렸다. 심장 뛰는 속도에 맞춰 팔도 덜덜 떨렸다.

"차렷!"

구령 소리에 맞춰 아이들이 몸을 일으켰다. 아이들을 보며 뒤따라 엉덩이를 높게 들었다. 오른쪽 다리에 몸의 중심이 쏠렸다. 금방이라도 용수철처럼 앞으로 막 튕겨 나갈 것만 같았다.

"탕!"

정확히 언제 총소리가 났는지 모르겠다. '탕' 소리와 함께 내 몸이 땅에 곤두박질하듯 튕겨 나갔다. 하지만 늦었다. 0.1초가 되지 않는 그 짧은 순간에도 나는 다른 아이들보다 늦게 출발했다는 것을 알 수 있었다. 스파이크 운동화를 신은 탓인지, 몸을 너무 밀어서인지 앞으로 고꾸라질 것만 같았다. 재빨리 무릎을 잡아당기며 쓰러질 듯 기울어진 상체를 바로잡았다. 한 발 한 발 빠르게 디뎠다. 속도를 내야 한다. 팔과 다리를 힘껏 흔들었다. 점점 빨라진다. 속도가 붙는다. 바다에서 불어오는 바람이 내 등을 밀어 주는 것 같다. 50m, 60m를 지나자 아이들과 간격이 좁혀졌다. 조금만 더 앞으로. 이를 악물고 팔과 다리를 세차게 흔들었다. 나는 아이들을 하나둘 앞질렀다. 하지만 몸이 흔들리고, 상체가 자꾸 뒤로 젖혀졌다. 이러면 안 되는데. '상체를 앞으로 밀어!' 선생님의 목소리가 귓가에서 울리는 것만 같았다. 정신을 차리고 흔들리는 몸의 중심을 잡고 상체를 앞으로 밀었다. 하얀 끈이 보인다. 결승선이 눈앞에 있다. 마지막 속도를 낼 때다. 선생님이 가르쳐 준 대로 정확한 자세로 끝까지 미는 거다. 나는 마지막까지 몸의 중심이 흐트러지지 않도록 온 힘을 다했다.

결승선을 지났지만 고삐를 잡아도 멈추지 않는 말처럼 한참을 달렸다.

'워~워~'

나는 앞으로 나가려는 말을 진정시키듯 다리의 속도를 천천히 줄였다. 거친 숨이 입에서 새어 나왔다. 허리를 굽히고 벌어진 두 다리 사이로 가쁜 숨을 내쉬었다. 고함을 지르며 달려오는 핸드볼부 아이들의 모습이 보였다.

12월 31일, 우리는 있지도 않은 훈련을 핑계 삼아 이호테우해수욕장으로 향했다. 이호테우해수욕장은 내가 사는 다끄네 마을에서 시내로 돌지 않고, 한 번에 가는 버스가 있었지만 우리는 긴 배차 시간을 기다리지 못하고, 또 진영의 말처럼 여행의 기쁨을 맛보기 위해 시내로 돌아가기로 했다. 다섯이나 되는 우리는 맨 뒷좌석에 자리를 차지하고 한 줄로 줄지어 앉았다. 뒷좌석이 남아 있어서 운이 좋았다. 버스에서 맨 뒷자리만큼 좋은 자리는 없다. 어른들이 가까이 앉을 리 없고 우리 다섯이 모두 같이 앉을 수 있으니 말이다. 마치 버스의 맨 뒷좌석이 우리를 위해 존재하는 것만 같았다. 나는 창밖을 보려고 창문 가까이에 앉았다. 겨울 바다를 보러 가기에 딱 좋은 만큼의 바람이 불고 있었다. 바닷가 마을에 살면서 왜 굳이 이 한겨울에 해수욕장을 가느냐고 묻는다면 딱히 할 말은 없다. 하지만 날마다 보는 다끄네의 바다와 겨울 해수욕장은 다르다. 북적거리는 여름 해수욕장과 달리 텅 빈 겨울 해수욕장은 무언가 다른 풍경을 만들어 우리의 가슴을 설레게 했다. 단지 하루일 뿐인데, 새해가 오는 것에 특별한 의미를 만들려는 여자아이들의 환상이나 착각이라고 코웃음을 쳐도 상관없다.

"야, 뭐 하멘(하냐)?"

진영이 창밖을 보는 나를 부르며 얼굴을 찌푸렸다. 아이들이 모두 나를 쳐다보고 있었다. 진영이 눈을 흘기며 끊었던 말을 다시 이었다. 자신의 얘기를 듣지 않아 화가 난 모양이다. 진영은 상대방이 자신의 이야기를 집중해서 듣지 않는 것을 싫어했다. 다행히 진영이의 얘기는 늘 우스웠다. 그렇지 않으면 날마다 이어지는 진영의 수다를 어떻게 참을 수 있겠는가! 나는 손짓을 해가며 떠드는 진영을 물끄러미 바라보았다.

'어째서 똑같은 얘기를 옮겨도 진영처럼 재밌지 않은 걸까?'

나는 늘 진영에게 들은 얘기를 할머니에게 그대로 전달했지만 진영이 했던 것처럼 재밌지 않았다. 아이들이 뒤로 자빠지며 깔깔거렸다. 아이들 웃음소리에 나도 덩달아 웃었다. 하지만 곧 웃음을 멈추었다. 앞에 앉은 아주머니와 아저씨가 계속 뒤돌아보며 눈치를 주고 있었다. 아주머니가 혀를 차며 우리를 쏘아보았다. 하지만 진영은 여전히 큰 소리로 떠들고 있었다. 아이들은 아무도 눈치채지 못한 것 같았다.

'우리가 뭘 어쨌다고!'

나는 그런 아주머니의 눈치가 싫으면서도 한편으로 진영의 이야기가 얼른 끝나기를 바랐다. 기사 아저씨가 자기 집 안방처럼 나동그라지며 시시덕거리는 다섯 명의 여자아이들을 곱게 볼 리는 없다. 설마 내리라고 하지는 않겠지만, 언제 한 소리가 날아올지 모른다. 나는 기사 아저씨를 흘끔거렸다. 하지만 진영은 그런 주변 상황을 살피지 않았고 이야기를 끝낼 줄도 몰랐다. 진영이 눈치채기를 기다리는 것보다 내가 포기하는 편이 더 빠르리라고 생각했다. 진영은 태어날 때부터 예의나 눈치 같은 것을 갖고 있지 않은 것 같았다.

짧은 곱슬머리, 까만 눈동자, 날카롭게 솟은 콧날을 가진 진영은 눈에 띄게 예쁜 외모는 아니었지만 사람들의 시선을 끄는 매력을 지녔다. 더구나 언제나 들떠 있는 커다란 목소리로 이야기할 때나 하얀 이를 내보이며 자지러지게 웃을 때면 누구나 쳐다볼 수밖에 없다. 진영에게선 장난치듯 휘돌아다니는 회오리바람 냄새가 났다. 나는 그런 진영이 늘 부러웠다.

언젠가 진영이 내게 한 말처럼 나는 빌어먹을 예의와 눈치를 너무 많이 갖고 태어났다. 버스를 탄 사람들과 기사 아저씨의 눈치를 살피는 내가 참으로 한심하게 느껴졌다. 내 등에 혹처럼 붙어 있는 빌어먹을 예의와 눈치를 떼어 낼 수만 있다면 영혼이라도 팔 수 있을 것 같았다.

"야! 우리 강(가서) 뭐 먹을 거?"

연희가 묻자 진영의 이야기가 또 끊겼다.

"무사(왜), 벌써 배고파?"

진영은 아침을 먹은 지 얼마나 됐느냐며 연희를 구박하며 한마디 덧붙였다. 그것은 자신의 이야기가 끊긴 것에 대한 화풀이였다. 연희는 그런 진영의 싫은 소리에도 굴하지 않고 계속 말을 이었다. 연희는 듬직한 덩치만큼이나 행동이 느렸지만 싫은 소리에도 화를 내거나 삐지지 않았다. 무엇이든 품을 수 있는 넉넉한 마음을 가지고 있었다.

"강 사 먹을 거 이실까(있을까)? 상점들 다 문 닫지 않안(않았을까)?"

연희와 진영은 부모님이 모두 제주도 출신이라 사투리를 심하게 썼다. 나는 사투리 대신 아이들이 서울말이라고 놀리는 '곤말'을 쓴다. 초등학교에 들어가기 전, 할머니에게 '할망'이라고 불러 아빠한테 호되게 야단을 맞은 적이 있었다. 그 뒤로 사투리를 쓰지 않았다. 아빠와 같이 살고 있지 않은 지금까지도 말이다. 아빠는 제주도 사투리가 거칠고 투박하다고 생각했다. 또한, 자신이 제주도 출신이 아닌 전라도 출신임을 자랑스럽게 여겼다. 제주도에서 태어나 전라도로 시집간 할머니가 다시 제주도로 돌아와 물질을 하며 자리를 잡았어도 아빠는 전라도 사람이라는 것에 자부심을 갖고 있었다. 전라도에서 태어났지만 그곳의 기억이나 추억이 전혀 없는 나에게는 제주가 고향이었다.

이야기에 김이 샜는지 진영은 더는 말하지 않고, 우리와 함께 점심으로 무엇을 먹을지 고민했다.

"이 겨울에 가게들은 닫았을 것 같고, 열었다고 해도 거긴 너무 비싸지 않을까?"

미란의 말에 나는 고개를 끄덕였다. 해수욕장의 가게들은 모두 여름 한 철에만 장사를 했다.

"컵라면은 어때?"

보미가 묻자 아이들의 눈이 순간 반짝거렸다. 뜨끈한 컵라면만큼 겨울 해수욕장과 잘 어울리는 음식이 어디 있겠는가! 새하얀 김이 모락모락 올라오는 면발을 나무젓가락으로 돌돌 감아 입김을 후후 불어 먹는 맛이란…….

"뜨거운 물도 없는데 컵라면은 어떻게 먹어? 그리고 사 오지도 않았잖아!"

미란이 받아쳤다. 순간 우리는 허탈한 한숨을 내쉬었다. 왜 이곳까지 오면서 먹을 것을 준비하지 않은 것일까? 그토록 낭만적인 겨울 바다를 보러 가는 일이 겨우 밥 한 끼로 말미암아 아무 짝에도 소용없는 일이 된 것 같았다. 우린 또래 아이들처럼 다이어트나 화장, 남자아이들에게 관심이 없었다. 맛있는 음식을 먹는 일이 얼굴을 꾸미거나 남자아이들 얘기보다 더 중요했다. 우리에게 한 끼를 굶는다는 건 정말 큰일이었다.

진영, 미란, 연희, 보미 그리고 나, 우리는 농구부다. 직사각형 코트에서 뛰어다니며 골대에 공을 던져 넣는 여자 농구부. 우리가 농구를 시작한 것은 초등학교 4학년 때부터다. 진영, 미란, 연희는 큰 키 덕분에 다른 열 명의 아이들과 함께 농구부로 뽑혔다. 나와 보미는 달리기를 잘해 가끔 육상 대회에 나갔는데 그것 때문에 농구부에 들어와야 했다. 사실 난 처음부터 농구가 싫었다. 농구뿐만 아니라 모든 운동이 싫다. 왜 사람들이 이기고 지는 것에 열광하는지 이해할 수 없다.

바람을 가르며 무서운 속도로 날아오는 커다란 농구공은 무섭고 두려웠다. 더군다나 공을 잡을 때마다 손톱 사이가 벌어져 아팠고, 매번 손가락이 삐었으며, 코트에서 벌이는 밀고 당기는 거친 몸싸움이 싫었다. 하지만 시간이 지날수록 농구부 아이들에게 관심이 갔다. 그렇다고 아이들과 쉽게 친해지지 않았다. 두 손으로 잡기 어려웠던 커다란 농구공이 익숙해지듯 아이들에게도 내가 조금씩 익숙해졌을 뿐이다. 아이들이 익숙해지자 싫었던 농구가 조금씩 나아졌다. 골대에 골을 넣기가 그토록 어려웠는데 조금씩 성공률이 높아져 갔고, 물론 덩크 슛까지는 아니지만 멋진 러닝 숫도, 3점 숫도 날릴 수 있게 되었다. 공이 '챙' 소리를 내며 골대 그물망을 쑥 빠져나올 때면 하늘에 둥둥 뜨는 기분이 들었다. 바람처럼 날아오는 농구공을 잡을 수 있게 되었고, 농구공을 마음대로 던질 수 있게 되었다. 스파이더맨처럼 공이 착착 손에 달라붙는 드리블도 가능해졌다.

버스가 해수욕장에 다다르자 밥 생각 따윈 불어오는 바람에 날아갔다.

"와아아아아~!"

진영이 소리를 질렀다. 그러고는 가방을 하늘 높이 던지고 바다로 달려갔다. 보미와 연희도 가방을 던지고는 소리치며 뒤따랐다.

'나쁜 지지배들. 가방은 어쩌라고!'

나는 가방을 주워 들며 아이들을 바라보았다. 아이들처럼 저렇게 소리를 지르며 가방을 내던지고 싶었다. 곁눈질로 미란을 보았다. 미란을 남겨 둘 수도 없고, 그렇다고 같이하자고 할 수도 없었다. 미란이가 이런 일을 할 리 없을 테니. 또 한다고 해도 그럼 가방은 어쩌란 말인가? 다시 와서 가져갈 수도 없고 두고 갈 수도 없다. 영화나 드라마에서 나오는 멋진 장면들은 현실에서 연출하기 어렵다. 모두 가방을 던지고 달리면 그 가방들은 어쩌란 말인가? 내 머릿속에서는 가방을 하늘 높이 던지고 다시 주우러 오는 아이들의 어설픈 모습이 떠올랐다.

나는 갑자기 달려드는 진영의 동작에 놀라 뒷걸음치다 모래밭에 벌러덩 나동그라졌다.

"하지 마……, 하지 말라고. 크크크……."

진영이 내 운동화를 벗기려 했다. 내 입에서는 울음과 웃음이 섞인 소리가 새어 나왔다. 무수한 발길질에도 끝내 내 오른쪽 운동화는 포물선을 그리며 앞으로 날아갔다. 그때, 미란이 달려와 진영의 운동화를 벗겼다. 생각지도 않은 미란의 공격에 당황한 진영은 놀라 제대로 손쓰지 못했다. 곧 진영의 운동화도 포물선을 그리며 아이들에게 날아갔다.

"야, 야, 던져."

"여기!"

"여기!"

아이들은 여기저기서 소리를 지르며 나와 진영의 운동화를 농구공인 양 빠르게 주고받았다. 운동화 두 개가 이리저리 공중을 날아다녔다. 나와 진영은 운동화를 쫓아 이리저리 뛰어다녔다. 금방 잡힐 것 같았지만 다들 주고받기를 매우 잘해서 쉽게 잡을 수 없었다.

"진짜 너네, 죽을래?"

진영이 신경질을 내며 발길질로 모래를 뿌렸다.

"하지 마!"

우리의 고함에도 진영은 검은 모래를 사정없이 뿌렸다. 얼굴이고 어디고 봐주지 않았다. 봐줄 리가 없다. 사람을 선한 사람과 악한 사람으로 구분하자면 진영은 악인에 가까웠고, 뭐든 제멋대로였다. 웃기를 잘하는 만큼, 신경질과 화도 잘 냈다. 아이들은 우리의 운동화를 버리고 뿔뿔이 도망쳤다. 도망치는 아이들의 뒤꽁무니에 웃음이 따라붙었다. 아이들의 호탕한 웃음소리가 겨울 해수욕장에 바람처럼 퍼졌다.

초등학교 마지막 겨울 방학이 되자 아빠가 내려왔다. 중학교 진학 때문이었다. 엄마가 죽고 난 뒤 도망치듯 섬을 떠나 버린 아빠는 서울 구로 공단에 자그마한 공장을 차렸다. 내가 일곱 살 때였으니 우리가 할머니가 계신 이곳 제주도에 들어온 지 삼 년이 채 안 되는 때였다.

"농구 계속할 거니?"

나는 고개를 끄덕였다. 아빠가 예상 못했다는 듯 놀라 쳐다 보았다.

"왜 하고 싶은데? 농구가 좋으냐?"

"아니요, 좋지는 않아요. ……그냥 하고 싶어요. 농구부 아이 들이랑 같은 중학교에 가고 싶어요."

아빠는 아무 대답이 없었다. 우리의 대화는 열릴 것처럼 들 썩거리다가도 열리지 않는 미닫이문처럼 삐걱댔다.

농구가 싫다. 물론 재능도 없다. 나는 다른 아이들보다 조금 빠르다는 이유로 진영과 함께 가드를 맡고 있다. 가드는 농구에 서 주로 속공으로 날아오는 공을 재빨리 잡아 슛하는 역할을 맡 는다. 하지만 이것도 2-2-1 배치일 때뿐이다. 1-2-2 배치가 되면 사실상 내 위치가 사라진다. 총 다섯 명이 가드-센터-포워드로 공격과 수비 형태를 만드는데, 1-2-2 배치가 되면 가드가 한 명, 2-1-2 배치에 두 명이 필요하기 때문이다.

1-2-2 배치가 되면 가드는 언제나 진영의 차지였다. 진영이 더 빠를 뿐만 아니라 드리블, 슛까지 정확했으니 내 자리가 없어

지는 것은 당연했다. 그런데 불행히도 선생님은 시합 전까지 배치를 어떻게 할지 알려 주지 않았다. 그래서 언제나 내가 시합에 뛸 수 있을지 없을지 알 수 없었다. 그런 내 위치와 소극적인 성격 때문에 초등학교 때까지 농구부 아이들과 친하지 못했다.

우리 삶에 꼭 필요하지도 않고, 그렇다고 없어서도 안 될 애매한 존재가 있지 않은가? 내가 그랬다. 그런 내가 중학교에 올라가서도 농구를 계속하겠다니 가족들뿐만 아니라 아이들도 놀라워했다. 사실 내가 농구를 계속하려는 것은 순전히 아이들 때문이었다. 정확히 진영이 때문이었다. 나는 진영의 거침없는 말투와 성격에 푹 빠져 있었다. 몰래 거울을 보며 진영처럼 욕을 내뱉는 연습을 해 보기도 했다. 그렇게 진영이 내뿜는 혈기에 나는 마치 쇠가 자석에 달라붙듯 자연스럽게 착 붙어 있었다.

그런데 운이 좋았다. 중학교에 올라가자 나는 농구부 아이들과 자연스럽게 친해졌다. 그것은 딱 다섯이라는 알맞은 숫자 때문이었다. 다행히 농구로 중학교로 진학하는 아이가 모두 다섯이었다. 농구의 숫자인 다섯. 진영, 연희, 미란, 보미, 그리고 나. 우리는 이렇게 다섯이 되었다.

아이들은 피곤했는지 덜컹대는 버스 안에서 곯아떨어졌다.

버스는 도두동 베락구릉을 지나고 있었다. 정말 겨드랑이에 커다란 날개를 달고 태어난 사람이 있을까? 가만히 겨드랑이를 만져 보았다. 물론 있을 리가 없다. 어렸을 적 할머니는 아들의 겨드랑이에 난 날개를 자르다가 벼락을 맞아 그 집이 베락구릉이 되었다는 옛이야기를 해 주었다. 그 뒤로 가끔 내 겨드랑이에도 날개가 자라지 않을까 기대하며 확인하곤 했다. 자는 진영의 얼굴을 다시 쳐다보았다. 진영이 알면 병원에 가야 한다고 말할 것이 틀림없었다.

하루가 금세 지나갔다. 이제 조금만 있으면 새해, 새날이 온다. 이제 우리는 열여섯, 중학교 3학년이 된다. 중학교의 마지막이라는 생각에 가슴이 두근거렸다.

2
아빠와 나

오전 내내 기다렸지만 아빠한테서 전화가 오지 않았다. 새해 첫날에도 그리고 내 생일인 오늘도. 할머니와 나를 서울로 데려 간다는 아빠의 약속은 가끔 내려오는 아빠의 모습만큼이나 희미 해졌다.

"어딜 가려고?"

할머니가 누런 호박 껍질을 벗기다 멈추고는 나를 불러 세웠 다. 갈라놓은 호박의 속살에서 나온 샛노란 즙이 도마 아래로 흘 렀다. 단내가 풍겼다. 할머니는 내가 좋아하는 호박죽을 만들 것 이다.

"응, 오늘 보미 집에서 점심 먹기로 했어. 아이들이랑 놀다 늦게 올 거야."

나는 서둘러 신발을 신었다.

"호박죽 하는데 먹고 가지 그러냐?"

할머니는 아쉬운 눈길을 주며 칼을 내려놓고 따라 나왔다.

"나오지 마. 호박죽은 저녁에 먹을게."

문이 열리는 소리가 들렸지만 뒤돌아보지 않았다. 할머니의 걱정 어린 눈빛이 내 어깨에 내려와 있는 것을 보지 않고도 알 수 있었다. 어깨가 무거웠다. 때론 보지 않아도 볼 수 있는 것이 있다.

오래전 사람들이 처음 생겨났을 때, 사람들은 서로 말을 하지 않아도 생각을 알 수 있었다고 한다. 그때는 사람들이 순수한 공기 같은 존재여서 말하지 않아도 텔레파시처럼 다른 사람의 생각을 읽을 수 있었다고 한다. 무슨 말도 안 되는 소리냐고 비웃는 사람도 있을 게다. 물론 나도 처음 이 말을 들었을 때 믿기 힘들었다. 하지만 지금 이 순간 나는 할머니의 황당한 그 말이 떠올랐고, 그럴 수 있겠다는 생각이 들었다.

할머니는 무딘 칼로 호박의 단단한 껍질을 벗기느라 손이 아픈 것도 잊은 채 내가 좋아하는 호박죽을 끓일 것이다. 하지만 이제 더는 그런 할머니 옆에 다정히 붙어 앉아 호박죽이 맛있다고 웃어 줄 수 없다. 더는 물질하는 할머니를 따라 바다에서 마냥 기다리던 어린아이도, 들려주는 옛이야기를 좋아할 순진한 아이도 아니다. 할머니가 외롭다는 것을 잘 알지만 어쩔 수 없다. 밖으로만 도는 나를 멈출 수 없다. 지금 나에게 필요한 사람은 함께 놀고 즐거워할 친구들이었다.

"못됐다. 너, 정말 못됐다."

나는 쓰린 속을 위안하듯 중얼거렸다. 보미네 집에서 점심을 먹는다는 것은 거짓말이다. 할머니가 속상해할 것을 알면서도 이렇게 티를 내지 않고는 참을 수가 없다. 하나밖에 없는 딸의 생일을 챙기지 못하는 아빠의 무심함을 할머니에게 화풀이하고 있었다.

우리는 모두 용담동에 산다. 용담동은 제주시 동쪽에 위치해 있고, 일, 이, 삼 동으로 나누는데, 내가 사는 '다끄네'는 용담 삼 동의 맨 끝 마을이다. 원래 마을의 이름은 수근동으로 '닦을 수'와 '뿌리 근' 자를 썼지만 사람들은 닦을 수에서 이름을 따서 '다끄네'로 불렀다. 용담동에서 다끄네는 해안가에서 가장 가까운 동네다. 해안도로를 따라가면 용두암, 용연, 탑동, 서부두, 사라봉까지의 해안이 연결되어 있다.

바다에는 물질하는 해녀의 모습이 어디에도 보이지 않았다. 윙윙거리는 바람과 세찬 파도 소리가 귓가에 맴돌았다. 나는 흘러내린 목도리를 고쳐 두르고 바지 주머니에 손을 끼운 채 다끄네물을 슬쩍 훑어보았다. 아무도 나와 있지 않았다. 다끄네물은 한라산에서 내려오는 물이 솟는 용천수로 먹을 수 있는 단물이 나오는 곳이다. 다끄네물은 세 칸의 공간으로 구분되어 있는데, 바다와 가장 멀고 맨 처음 물이 솟아나는 칸은 먹는 물로, 바다와 가까운 나머지 두 칸은 빨래나 몸을 헹구는 물로 썼다. 지금은 샤워 시설이 잘 되어 있어 사용하지는 않지만 예전에는 헤엄을 친 뒤 늘 이곳에서 몸을 헹구었다. 보미네 집을 가려면 다끄네물과 말머리 해안가를 지나야 했다.

할머니는 바다에 죽은 사람의 혼이 떠도는데, 그 떠도는 혼이 너무 외로워서 일 년에 한 번씩 꼭 다른 사람을 잡아간다고 했다. 그 말이 사실인지 아닌지 알 수 없지만 이상하게도 우리 동네에서도 해마다 사람이 죽었다. 한 해라도 조용히 넘어가는 법이 없었다. 작년에도 그랬다. 동네 사람들이 여름까지 아무 일 없이 그냥 넘어갔다며 입방정을 떨어서인지 가을이 되기도 전에 고기잡이를 나간 아저씨가 죽었다. 정말 죽은 혼이 바다를 떠돌다 아저씨를 잡아간 것일까? 그렇다면 바다에는 많은 영혼이 떠다닐 것이다. 그 영혼의 시작은 말머리 바다에서 죽은 배 큰 정 서방부터가 아닐까! 바람 사이로 배 큰 정 서방과 다른 죽은 사람들의 영혼이 함께 흩날리는 것 같다.

말머리에는 배 큰 정 서방의 전설이 전해져 내려온다. 배 큰 정 서방은 다끄네 사람으로 배가 몹시 커서 한 섬 쌀밥과 돼지 한 마리를 먹어야 겨우 배가 차는 정도였다고 한다. 그래서 배 큰 정 서방이라 불리었다. 배 큰 정 서방을 도저히 먹여 살릴 도리가 없었던 부모는 관가에 알려 도와 달라고 했다. 하지만 관가에서는 정 서방을 살려 두면 나라에 해를 줄 거라 여겨 정 서방을 죽이기로 결정을 내렸다. 큰 바윗돌에 팔과 다리가 묶여 바다에 던져진 배 큰 정 서방은 사흘 동안이나 물 위로 우끗우끗 올라와서는 소리를 질렀다.

"어머님, 나 삽니까? 죽읍니까?"

그 모습을 지켜본 부모는 가슴이 아팠으나 배고파 죽는 것보다 지금 죽는 것이 차라리 낫겠다고 생각해 살라고 말하지 못했다. 사흘이 지나자 배 큰 정 서방은 소리 없이 물속으로 들어가더니 다시는 나오지 않았다.

'삽니까, 죽읍니까'를 외치는 정 서방의 마음이 어땠을까? 살아 나와서 배고파 죽는 것보다 지금 죽는 것이 차라리 낫겠다고 생각한 부모의 마음은 어땠을까?

부모는 자식이 죽으면 가슴에 묻고 한평생 아파한다고 했다. 정 서방을 죽게 한 부모는 정 서방이 죽을 때 함께 죽었을 것이다. 찬바람에 콧물이 흘렀다. 죽은 정 서방이 불쌍한 것인지, 아니면 자식을 살리지 못한 정 서방의 부모가 더 불쌍한 것인지 모르겠다. 풀린 목도리를 다시 두르고 서둘러 발걸음을 돌렸다.

보미를 만나 우리는 함께 용연까지 걸어갔다. 용머리로 가는 길에는 아름다운 레스토랑 비경이 있다. 언젠가 아빠는 저곳에서 함께 밥을 먹자고 했다. 그 뒤 그날을 손꼽아 기다리고 있지만 그 약속은 아직까지 지켜지지 않고 있다. 어쩌면 아빠는 나와의 약속을 벌써 잊었는지도 모른다. 그런 생각이 들자 한숨이 절로 나왔다. 보미도 따라 깊은 한숨을 내쉬었다.

"왜?"

보미를 보며 물었다. 보미는 겨울 동안 더 마른 것 같았다. 앙상한 가지만 단 나무처럼. 광대뼈가 더 도드라져 보였다.

"그냥, 좀 지겨워서. 빨리 방학이 끝났으면 좋겠다."

"뭐가 그렇게 지겨워?"

"운동도 안 하고 노는 것도 하루 이틀이지. 너무 오랫동안 쉬니까 심심하지 않아?"

나는 고개를 끄덕였다. 보미의 기분을 알 것 같다. 아주 가끔이지만 농구공을 만지고 싶었다. 농구를 싫어하는 내가 이 정도니 보미는 얼마나 하고 싶을까? 보미는 누구보다 농구를 좋아한다. 아무리 지금은 땡땡이 농구부이지만 몇 년 동안 농구를 한 우리에게 연습이 없는 한 달 동안의 겨울 방학은 지겨울 만큼 길었다.

초등학교 때까지만 해도 우리는 잘나가는 농구부였다. 초등학교에는 농구부들이 많아 예선전뿐만 아니라 본선 그리고 결승전까지 수많은 경기를 해야 했다. 그래서 작은 섬에서지만 우승을 한다는 것은 대단한 일이었다. 거기다 새로 만들어진 종합경기장의 실내 농구장은 최고 시설로 프로 농구 시합이 열리곤 했다. 우리는 거기서 텔레비전에서 보던 농구 스타들을 직접 보기도 했는데, 같은 경기장에서 뛴다는 사실에 우리 스스로가 엄청나게 느껴졌다. 학교 체육관에서 연습하는 것과 달리 종합경기장의 실내 농구장에서는 공이 튕기는 감촉부터 달랐다. 노란 조명이 하나, 둘 켜지고 전광판의 빨간 불이 들어오면 기름걸레를 든 아이들이 들어와 열을 맞춰 경기장을 밀고 나갔다. 잠시 뒤 경기장이 기름으로 반질반질해지면 우리는 팔과 다리를 풀며 슛 연습을 했다.

농구공은 반질거리는 마룻바닥에서 퉁퉁 둔탁한 소리를 내며 우리 손에 착착 달라붙었다. 응원하는 사람들의 소리가 경기장을 가득 메우면 시합이 시작된다. 가슴은 쿵쾅대며 떨렸지만 응원하는 소리 때문인지 열심히 뛰어야 한다는 생각이 절로 들었다.

그래서였을까? 나는 경기가 시작되면 다른 사람처럼 변했다. 평상시에 보이지 않는 매서운 눈빛을 보내고, 큰 소리로 외치곤 했다. 몸싸움도 제법 잘했다. 이기고 지는 것 자체에 관심이 없다고 생각했는데, 경기장에 들어서면 이겨야 한다는 생각밖에 들지 않았다. 호흡이 가빠지고, 땀으로 뒤범벅인 지친 몸도 이기기만 하면 그렇게 가뿐할 수가 없었다. 그래서 연습과 달리 실제 시합에서는 긴장감이 돌고 승리하려는 욕심이 생겨 농구하는 것이 즐거웠다. 아이들은 평상시와 다른 내 모습에 놀라워했다.

하지만 중학교에 오자 상황이 달라졌다. 여자 농구부가 있는 중학교는 단 세 곳, 그것도 한 곳은 선수가 없어 늘 시합에 나오지 않아서 우리는 단 한 곳의 중학교와 시합을 했다. 때로는 그 학교마저도 기권해서 한 번도 뛰지 않고 우승을 하기도 했다. 그러니 받는 트로피며, 메달이 무슨 소용이 있었겠는가!

경기장에서 발산하던 우리의 에너지와 기쁨도 조금씩 잊혀 갔다. 연습이 게을러진 것은 자연스러웠다. 그러다 이번 겨울 방학에는 훈련 자체가 아예 없어진 것이다. 3학년이 되기도 했지만, 무엇보다 농구를 제대로 가르칠 선생님도 없었기 때문이다.

"육지 가서 농구 하고 싶어."

나는 보미가 고등학교를 육지로 가고 싶다는 말에 놀랐다. 벌써 고등학교 진학 문제로 고민하고 있는지 몰랐다. 우리는 아직 진학 문제를 진지하게 얘기해 보지 않았다.

"그런데 지금은 잘 모르겠어. 예전엔 정말 재밌었는데……."

보미가 무슨 말을 하는지 알 것 같았다. 온 힘을 다해야 후회가 안 생기는 법이니까. 어른들은 우리에게 늘 온갖 노력을 다하라고 하지만, 정작 그러고 싶은 것은 우리들이다. 열심히 흘린 땀이 가장 값지고 기쁘다는 것을 왜 모르겠는가? 그것은 누가 말해

달려라, 요망지게!

주지 않아도 알 수 있다. 어른들은 자신들만 알고 있다고 착각하지만 우리 몸이 스스로 안다.

보미가 계속 운동을 한다면 틀림없이 유명한 농구 선수가 될 것이다. 큰 키에, 농구 실력도 뛰어나다. 하지만 나는 아니다. 키는 아이들보다 머리 하나만큼 작고, 적극적이지도 활달하지도 않은 내 성격처럼 운동을 잘하지도 연습이 재밌지도 않았다. 가끔 아이들과 경기장을 뛰어 보고 싶기는 하지만, 계속 운동을 하고 싶지는 않다.

체육실 문이 성큼 열리더니 진영이 소란스럽게 들어왔다.

"대체 무슨 일? 무사 방학 중에 오라 가라 하멘?"

"몰라, 우리도."

우리는 각자 핸드폰에서 눈을 떼지 않았다. 다시 체육실 문이 열리고 핸드볼부와 테니스부가 우르르 몰려 들어왔다. 이제 막 연습이 끝난 모양이었다. 좁은 체육실이 아이들로 가득 찼다.

체육실은 학교 건물 1층, 교무실 반대쪽, 보건실 바로 옆에 붙어 있는 작은 방이다. 체육실이라고 해서 특별하지는 않다. 창문 옆 겹겹이 쌓아 올린 매트와 벽에는 각자의 옷과 가방을 걸

수 있는 옷걸이가 있을 뿐이다. 옷걸이 아래에는 언제 빨았는지 기억나지 않을 정도로 흙먼지로 뒤덮인 운동화들이 자리 잡고 있어 문을 열 때마다 은근한 냄새를 풍겼다. 진녹색 커튼이 처진 체육실은 늘 어둡고 음침했다. 해가 들어올 틈을 다 막아 대낮에도 불을 켜야 했기에 선생님들은 들어올 때마다 커튼을 열라고 난리였다.

어른들은 모른다. 저 눈부신 햇살이 얼마나 많은 부담을 주는지. 햇살을 받으면 왠지 잘 자라야 할 것 같다. 비뚤어지지 않고 올곧게 자란 나무처럼 말이다. 그래서 우리는 선생님들의 말을 듣지 않고 커튼을 걷는 대신 언제나 형광등을 켜고 지낸다. 밖에서 무슨 난리가 일어나지 않는 한 말이다.

개학을 열흘 남기고 갑자기 소집이 생겼다. 2학년까지 소집을 시킨 것을 보니 무언가 큰일이 있는 것 같다.

진영이 서둘러 핸드볼부 주장인 현진에게 다가갔다.

"야, 무사 모이라는 거?"

"체육 선생님이 새로 왔다고 해서 다들 모이라고 한 거래."

현진은 웃옷을 벗으며 대꾸했다.

"코치 선생님? 체육 선생님? 어떤 선생님? 뭐 대단한 일도 아닌 게. 경헌디(그런데) 무사 모이라고 난리? 어느 부 가르칠 거 랜?"

"모르지. 우리겠냐? 너네겠지."

현진의 말에 우리는 다 같이 얼굴을 들었다. 우리 학교에는 농구부, 핸드볼부, 테니스부 이렇게 세 운동부가 있는데 농구를 가르칠 수 있는 체육 선생님은 없었다. 우리는 반신반의하며 다 시 핸드폰 화면에 얼굴을 묻었다.

'드르륵' 바퀴 구르는 소리가 났다. 체육실 옆 보건실 문소리 다. 체육 선생님들은 주로 교무실이 아닌 보건실 한쪽에 있는 사 무실에 모여 있다. 이어 체육실로 다가오는 선생님의 발소리가 들렸다. 우리는 핸드폰에서 눈을 떼고 서로를 쳐다보았다.

"온다, 와. 얼른 치워."

연희가 흥분한 목소리로 말하고는 부리나케 일어났다. 우리 도 재빨리 일어나 흩어진 매트를 정리했다. 문이 열리자 핸드볼 부 체육 선생님인 불독의 얼굴이 먼저 들어왔다. 핸드볼부 체육 선생님은 축 늘어진 볼살과 못된 성질 때문에 우리에게 불독으로 불렸다. 아이들은 찍히지 않으려고 허리를 90도에 가깝게 숙이며 인사했다. 불독은 유독 인사에 목숨을 걸었다. 인사를 건성으로 했다간 그대로 찍힌다. 불독을 닮아선지 핸드볼부 선배들도, 아이들도 인사에 목숨을 걸었다. 인사를 받는 불독 뒤로 젊은 남자의 모습이 보였다. 우리는 저마다 관심 어린 눈빛으로 젊은 남자 선생님을 훑어보았다. 깡마른 몸매, 까만 얼굴, 유난히 튀어나온 광대뼈, 그리고 작은 키, 무엇보다 작은 키가 눈에 걸렸다. 아무리 보아도 농구 선수 출신은 아니다. 핸드볼부와 함께 대열을 만들자 불독이 괜찮다며 대충 서서 들으라고 했다.

"음! 여기는 새로 오신 선생님 진구병 선생님이시다. 이제 너희를 맡아 가르치실 거다."

새로 온 젊은 선생님은 다소 긴장한 모습이었다. 삼십 명이 넘는 여자아이들이 모두 자신을 쳐다보고 있으니 그럴 만도 하다.

'구병이라니? 이름 무지 촌스럽다.'

단번에 새로 온 선생님의 별명이 만들어졌다. 구병, 그대로 별명으로 써도 될 만큼 우스운 이름이다. 진영이 고개를 숙인 채 웃음을 참지 못하고 킬킬거리더니 내 발을 톡톡 건드렸다.

'하지 마!'

나는 인상을 쓰며 진영을 노려보았다. 지금 웃음이 터지면 큰일이다. 진영은 내 웃음을 터트리게 할 속셈이다. 긴장해야 할 상황에 웃어 버리는 내 버릇을 아는 진영의 사악한 짓이다.

"잘, 잘 부탁한다. 이, 이번에 육상부를 맡게 되었다."

"육상부?"

얼굴까지 벌게진 선생님은 말까지 더듬었다. 더군다나 제주 도 억양이 아니었고, 서울말도 아닌 어색한 충청도 사투리가 묻 어 있었다.

'육상부라니? 우리 학교에는 육상부가 없는데 대체 무슨 소 리지? 너무 긴장해서 헛말이 나온 걸까…….'

아이들이 웅성거리자 불독이 손을 흔들며 소리쳤다.

"다들 조용. 진구병 선생님은 훌륭한 육상 선수셨다. 앞으로 너희를 잘 지도하실 것이다."

"무슨 육상부요? 우리 학교엔 육상부가 없는데요?"

진영이 손을 올리며 재빠르게 물었다. 진지하게 곤말을 쓰는 진영의 모습이 우스웠다.

"그래, 그래서 이제부터 너희가 육상을 하게 되었다. 너희는 이제부터 육상부다. 진구병 선생님이 잘 지도하실 테니 걱정하지 말고 잘 따르도록."

"네에?"

아이들은 어이없는 표정을 지으며 되물었다. 육상부라니? 체육실이 한바탕 시끌벅적했다.

"왜 이렇게 시끄러워! 진 선생님이 맡아서 하실 거니 모두 그렇게 알도록. 이상."

불독이 손을 올려 끝내라는 시늉을 하자 핸드볼부 주장인 현진이 재빨리 아이들을 정렬시키고 경례를 붙였다. 두 선생님은 그렇게 체육실을 빠져나갔다. 선생님들이 나가자 아이들은 다시 떠들기 시작했다.

"경허면(그러면), 농구는 어떵 할(어떻게 할) 거?"

"그러게. 없어질까?"

연희의 말에 나는 모르겠다고 어깨를 들썩였다.

"육상은 무신(무슨) 육상."

진영이 깝죽거리며 끼어들었다.

"어차피 선생들 마음이지, 이렇게 떠드는 것도 시간 낭비야."

미란의 말이 맞다. 가르칠 선생님도 없는 마당에 우리가 농구를 하겠다고 해서 계속할 수는 없다는 걸 모두 알고 있다. 보미는 화가 났는지 입술을 삐죽 내밀고 뿌루퉁한 표정을 짓고 있었다.

달려라, 요망지게!

"어떵 육상하냐?"

연희가 걱정하자 진영이 대답했다.

"그냥 하면 되지 않겠냐? 3학년인데 조금 하다가 졸업하겠지."

"맞아."

나도 고개를 끄덕였다. 일 년 후면 졸업이다. 새롭게 육상을 한다는 것이 조금은 부담스럽기는 했지만 육상이든 농구든 일 년만 하면 끝이다. 나는 딱히 공부도 운동도 열심히 하고 싶지 않았다. 농구 선수가 되고 싶지 않았고, 그렇다고 육상 선수는 생각도 해 보지 않았다. 그저 이 아이들과 영원히 어울려 놀고 싶을 뿐이었다. 다른 아이들도 모두 그럴 거로 생각했다.

"뭐? 그냥 졸업하면 그만이라고? 너흰 그냥 이렇게 농구를 그만둬도 괜찮다는 거야?"

보미가 난데없이 짜증을 냈다. 우리는 동시에 보미를 쳐다보았다. 떠들던 핸드볼부 아이들도 말을 멈추고 우리를 구경했다.

"그런 말이 아니라……."

"됐어. 너희가 언제 제대로 운동했냐?"

보미가 거침없이 내 말을 끊었다.

순간 아이들의 표정이 일그러졌다. 모두 보미의 빈정거림에 기분이 상했다.

"야, 뭐? 너 진짜 웃긴다이. 그 말은 너만 제대로 운동했다는 거냐? 우린 뭐 놀았냐?"

진영이 매트에서 튕기듯 내려왔다. 그러고는 보미를 노려보았다.

"그럼, 언제 네가……."

보미도 지지 않고 진영을 노려보았다. 순간 정적이 흘렀다. 보미가 진영을 밀치며 요란스럽게 문을 닫고 나가자 진영이 어처구니없다며 과장된 몸짓을 했다.

"자이(쟤) 진짜 웃긴다이."

나는 보미를 따라가 볼까 망설이다 그만두었다. 보미 말대로 제대로 운동을 한 적이 없었으니.

3

이상한 테스트

이튿날 체육실에는 헬스장에서 볼 수 있는 운동 기구들이 들어왔다. 러닝머신, 사이클, 역기 등 우리가 아는 것들과 나중에 선생님이 알려 준 이상한 기구들까지. 기구들이 놓이자 체육실은 매트가 놓인 공간을 빼고 간신히 서 있을 수밖에 없을 정도로 좁아졌다. 아이들은 러닝머신에 올라가 서로 뛰겠다고 싸웠고, 역기를 양쪽에서 들어 올리며 텔레비전에서 보았던 역도 경기 장면을 만들기도 했다. 진영과 연희는 엎드려 있는 내 엉덩이에 역기를 올리며 낄낄거렸다.

"……치워, 얼른."

나는 책을 놓지 않은 채 역기에서 빠져나오려고 몸을 비틀었다.

"으흐흐, 진짜 웃긴다. 병구가 우릴 역도 선수로 만들려나봐."

우리는 역기가 도대체 왜 필요한 것인지 모르겠다며 키득거렸다. 시곗바늘이 10시를 가리키고 있다. 보미는 아직 오지 않았다. 나는 보미와 함께 오지 않은 것을 후회했다.

"보미, 안 완(안 왔어)? 야이 무사라(얘 무슨 일 있나)?"

진영은 어제 보미와 싸웠던 것을 잊기라도 한 듯 아무렇지 않게 물었다.

"경미야, 무사 같이 안 완?"

연희의 물음에 나는 모른다고 고개를 저었다. 어제 보미가 먼저 가 버리는 바람에 같이 오자는 말을 할 수 없었다. 사실 그것보다는 그냥 혼자 오고 싶었다. 어제의 일이 아직도 조금 섭섭했다.

"근데, 무사 바깥에서 하지 않고 체육실에 모이랜?"

진영은 선생님이 왜 우리를 운동장이 아닌 체육실에 모이게 했는지 궁금해했다.

불현듯 지난번 보미와 나눴던 얘기가 떠올랐다. 농구로 고등학교로 진학하겠다는 보미의 말, 진심이었나 보다. 그래서 보미가 오지 않는 것일까? 이런저런 생각이 머릿속에 떠올랐다. 그냥 졸업하면 그만이라고, 농구를 하든 육상을 하든 아무 상관도 없다고 툭 내뱉었던 우리의 얘기가 보미의 기분을 상하게 만들었을까……?

진 선생님이 들어오자 아이들이 자리에서 일어나 나름대로 대열을 만들었다. 물론 불독 앞에서 하는 것과는 사뭇 달랐다. 우리는 강아지가 아기를 얕보듯 새로 온 신임 교사를 재고 있었다. 구호도 없고 동작도 어설픈 인사를 각자 적당히 했다. 순간 눈이 번쩍 뜨일 만큼 선생님의 옷차림이 한눈에 들어왔다.

검정과 빨강 줄무늬가 들어간 상의 훈련복, 문제는 하의다. 짝 달라붙은 주황색 쫄바지, 마라톤 대회나 사이클 대회 선수들이 입는 그런 쫄바지 말이다.

'선생님이 주황색 쫄바지라니!'

쫄바지를 입은 선생님의 모양새가 너무 웃겼다. 지금까지 저런 복장을 한 선생님은 없었다. 더군다나 여기는 여자 중학교 아닌가? 아이들은 터져 나오려는 웃음을 간신히 참으며 어쩔 줄 몰라 했다. 말 그대로 민망했다. 자세히 보니 선생님의 목에는 호루라기, 손에는 도표와 초시계가 쥐어져 있었다. 나름대로 육상부 교사로서 챙길 것은 다 챙겨 온 듯하다. 하지만 쫄바지는 아니다.

"자, 오늘부터 기초 체력을 테스트할 거다. ……근력, 민첩성, 유연성 등을 체크해야 하니 부르는 사람은 한 사람씩 나오도록! 나머지는 그쪽에서 보면서 기다려라. 알겠지?"

"네에?"

아이들은 대답인지 질문인지 알 수 없는 반응을 하고 매트 위에 앉거나 기대어 선생님의 호명을 기다렸다. 아이들 눈에는 선생님이 무얼 할지 궁금함이 가득했다. 선생님이 도표에 쓰인 이름을 살펴보고는 말했다.

"먼저 핸드볼부터 시작한다. 이현진 앞으로 나와."

"네."

"선생님, 저기 보미, 아니 춘애가 안 왔는데요?"

미란이 손을 빼 들고 말했다.

"누구?"

"춘애요. 김춘애!"

선생님은 다시 도표를 보며 고개를 끄덕였다.

사실 보미의 진짜 이름은 춘애다. 춘애, 이것을 진짜 열여섯 살 여자아이의 이름이라고 누가 믿겠는가? 진영은 춘애의 이름을 가지고 자주 놀려 댔다.

　촌스러운 춘애의 이름에 관한 이야기를 하자면 좀 길다. 봄 '춘'과 사랑 '애', 봄에 핀 사랑이라는 뜻인 춘애의 이름은 시를 쓰는 춘애의 아빠가 지은 것이다. 춘애 엄마는 시인인 아저씨의 감수성을 높이 사 딸의 이름을 촌스럽지만 그렇게 짓는 데 동의했다고 한다. 나중에 춘애가 아저씨의 첫사랑 이름이었다는 것을 알고는 이혼을 한다고 난리가 아니었다. 어쨌건 그 뒤 춘애의 이름은 집에서나 학교에서 봄을 뜻하는 보미로 바꿔 불렀다. 다만 호적은 아직 고치지 못했다. 당장 이혼할 것 같았던 아주머니가 그냥 아저씨와 사는 것처럼, 아주머니는 보미의 이름을 바로 바꿔 줄 것만 같았지만, 그때 일을 잊은 것인지 아니면 평소에 보미라고 불러서인지 춘애의 이름을 바꿔 주지 않았다. 보미 역시 부모님께 수차례 조르다가 포기했다. 성인이 되면 가장 먼저 개명 신청을 하겠다고 했다.

　'근력, 민첩성, 유연성이라고? 대체 무슨 테스트를 하려는 걸까?'

우리는 도표를 든 선생님의 모습을 멀뚱멀뚱 바라보았다. 흰 가운을 입은 것은 아니지만 도표를 든 선생님의 모습은 마치 우리를 진찰할 의사 선생님과 닮았다. 선생님은 먼저 시범을 보이겠다며 현진이 앞에서 역기를 잡더니 자세를 잡았다. 순간 선생님의 머리 위로 역기가 번쩍 올라갔다. 선생님이 역기 선수처럼 다리를 쫙 벌리고 무거운 역기를 성큼 들어 올린 것이다.

"와아아~~!"

아이들은 손뼉까지 치며 함성을 터트렸다. 선생님이 텔레비전에서 보던 역도 선수와 똑같다. 선생님은 우리의 함성에 조금 쑥스러웠는지 얼른 역기를 내려놓았다.

"자, 이제 똑같이 해 봐라. 이 동작을 할 수 있을 때까지 하는 것이 테스트다."

저 역기를 들라고? 그것도 한 번이 아니라 할 수 있을 때까지 해 보라고?

선생님의 지시는 황당했지만 우리는 따르지 않을 수가 없었다. 현진이 '끙!' 소리를 내며 역기를 들어 올리자 킬킬대는 웃음소리가 새어 나왔다. 아이들은 키득거리다가도 정작 자신의 차례가 되면 새빨갛게 붉어진 얼굴로 낑낑대며 역기를 들어 올렸다.

그러다 아니나 다를까 진영이 역기를 들어 올리다가 그만 '픽!'
김빠진 소리를 내며 역기를 떨어뜨리고 말았다.

'쨍!'

역기가 체육실 바닥에 떨어지며 요란한 쇳소리를 냈다. 놀란
함성이 여기저기서 터져 나왔다.

"지금 장난해?"

순간 선생님의 고함이 좁은 체육실에 울렸다. 선생님이 우리
를 매섭게 노려보고 있었다. 우리는 세상이 멈춘 것 같은 정적에
숨죽여 선생님을 흘끔거렸다. 귀엽다고 매만지던 작은 강아지에
게 물린 것 같은 배신감이 들었다. 우스운 쫄바지를 입고 쑥스러
워 말까지 더듬던 선생님의 모습은 사라졌다. 선생님은 잠시 굳
은 얼굴로 우리를 바라보았지만 더는 매섭게 노려보지도, 소리
치지도 않았다. 그때부터 쫄바지가 더는 우스운 복장이 아니라는
걸 알아차렸다. 그리고 선생님이 우리를 휘어잡을 것이라는 불길
한 예감에 사로잡혔다.

이상한 테스트는 계속됐다. 우리는 진지한 얼굴로 선생님이
시키는 대로 했다. 다리의 근력을 잰답시고 역기를 어깨 뒤에 걸
고 앉았다 일어나기를 반복했고 또, 제자리에서 높이뛰기를 해서

점프력을 재고, 러닝머신에서 빨리 뛰다 천천히 뛰기를 반복했다. 선생님이 하라는 대로 했다. 아무도 손에 묻은 하얀 송진 가루를 가지고 장난칠 수 없었다. 어떻게 선생님의 한마디에 우리가 순순히 따를 수 있었는지 의심스럽겠지만 그것은 한마디의 말이 아니었다. 선생님의 얼굴과 눈빛에는 수많은 언어를 담고 있었다. 우리는 이 테스트가 육상의 어디에 쓰이는지 알 수 없었지만 진지한 선생님의 얼굴과 눈빛에서 중요함을 느꼈고, 그렇게 체육실 안의 공기는 달라졌다.

테스트가 끝나고, 선생님이 나가자마자 우리는 참았던 웃음과 말 보따리를 풀었다.

"진짜 웃긴다. 야, 아까 그거 봤어?"

아이들은 침까지 튀겨 가며 흥분했다. 수다스러운 이야기가 끝나 갈 무렵, 보미가 들어왔다.

"뭐냐, 연습 다 끝나서 오고? 무슨 일 이서(있어)?"

진영이 촐랑거리며 물었다. 어제 보미와 싸웠던 것을 전혀 기억하지 못하는 것 같다. 어쩌면 진영은 그것을 싸움이라고 생각지도 않을 것이다. 보미는 매트에 풀썩 주저앉고는 나를 흘겨

달려라, 요망지게!

보았다.

"치사하게, 너 혼자 오냐?"

"……어제 아무 말도 없이 갔잖아. 그래서 난 혼자 간 줄 알았지."

나는 찔려서 우물쭈물 대답했다.

"경헌디 무사 지금 완?"

연희가 묻자 우리는 보미의 대답을 기다렸다. 하지만 보미는 우리를 쭉 훑어보고는 일어섰다.

"……집에나 가자."

보미가 아무 말 없이 밖으로 나가자 우리는 의아해하면서도 따라나섰다.

둘째 날, 또 다른 테스트가 체육실이 아닌 운동장에서 시작되었다. 물론 보미도 함께했다. 나는 별로 춥지 않았지만 오랜만에 밖에서 하는 훈련이라 땀복을 입었다. 아이들은 그런 나를 보며 안 춥다고, 못 봐 주겠다며 한소리씩 했지만 끝까지 벗지 않았다.

테스트는 100m, 200m, 400m, 800m 달리기다. 오늘은 온종일 뛰게 생겼다.

초등학교 때 50m, 80m 대회에 나간 적이 있어 달리기는 자신 있다. 물론 단거리만이다. 장거리인 오래달리기 실력은 형편없다.

100m, 200m 테스트까지는 좋았다. 400m까지도 괜찮았다. 문제는 아이들과 함께 800m를 뛸 때였다. 운동장을 한 바퀴 돌고 나자 몸이 급격히 무거워졌다. 땀복이 젖어 안에 입은 옷까지 축축해진 것이다. 나는 그제야 땀복 입은 것을 후회했다. 하지만 벗을 수 없으니 어쩔 수 없었다. 땀복 안에 입은 체육복마저 젖어 뛰기가 더 힘들었다. 달리기를 멈추고 옷을 벗어던지고 싶었다. 나는 운동장에서 땀복을 벗는 모습을 떠올리며 얼마나 웃길지 상상했다. 물론 생각과는 달리 벗지도 못하고 걷는 속도와 별반 다르지 않은 느린 속도로 뛰고 있었다. 누군가 다가와 내 몸을 질질 끌고 가 주기를 바랄 뿐이었다. 끝내 나와 연희는 꼴찌로 들어왔다. 예상했던 대로 보미가 일등을 했다.

테스트 마지막 날은 허들과 투포환, 창던지기, 멀리뛰기, 장대높이뛰기, 3단뛰기를 했다.

'이게 웬 떡이냐! 더구나 테스트 마지막 날이지 않은가?'

힘들게 달리지 않는 종목이라 기분이 들떴다.

아이들은 처음 만져 보는 쇠공인 포환을 모래밭이 아닌 땅바닥에 떨어뜨리며 장난을 쳤다. 포환은 떨어뜨릴 때마다 '쿵!' 소리를 냈고 땅바닥이 움푹 파였다. 처음 호기심과는 달리 포환을 어깨에 메고 모래밭에다 던지는 것은 힘이 들고 어려웠다. 왜 무거운 쇠공을 던져야 하는지, 도대체 투포환은 왜 하는지 알 수 없었다.

다음은 창던지기. 우리가 가장 기대했던 종목이다. 선생님이 던진 창이 하늘 위로 멋지게 날아가 '딱' 소리를 내며 잔디밭에 정확히 꽂혔다. 잔디밭에 꽂힌 창끝이 파르르 흔들렸다. 우리는 창끝이 흔들리는 모습에 놀라움 이상의 환호를 질렀다. 정말 멋졌다. 쫄바지를 입은 선생님까지 멋져 보였다. 허들, 멀리뛰기, 3단 뛰기와 장대높이뛰기에서도 선생님의 시범은 완벽했다. 우리는 모두 입을 쩍 벌리며 박수를 치며 호들갑을 떨었다. 그리고 첫날 불독에게 들었던 선생님이 '유능한 육상 선수'라는 말을 전적으로 믿게 되었다. 나는 뛰기가 아닌 창던지기와 같은 종목을 할 수 있기를 빌었다.

사흘에 걸쳐 테스트가 모두 끝났다. 아이들은 반항하기보다는 선생님의 완벽한 육상 경기 시범 때문에 순순히 따르는 모습까지 보였다. 첫날 희한한 테스트와 쫄바지로 우리에게 웃음을 샀던 선생님은 온데간데없었다.

이튿날 선생님은 우리를 불러 모아 각자 하게 될 육상 종목을 알려 줬다. 나와 진영은 단거리, 그리고 우리가 짐작했던 것처럼 보미는 장거리, 미란은 창던지기, 그리고 연희는 투포환을 하게 되었다. 나머지 핸드볼부 아이 중 몇몇이 멀리뛰기와 높이뛰기, 허들을 하게 되었다. 선생님은 각자 맡은 종목이 왜 자신에게 맞는지 설명해 줬다. 우리의 체형과 근력, 순발력, 지구력 등이 모두 고려된 것이다. 우리는 연희가 덩치도 가장 크고 힘이 세서 투포환을 하는 줄만 알았다. 하지만 그게 다가 아니었다. 선생님은 투포환은 힘보다 순발력이 필요한 종목이라고 했다. 연희가 의외로 3단뛰기를 잘해서 우린 모두 놀랐는데, 3단뛰기에서 보여 준 순발력 때문에 투포환으로 결정되었다고 했다.

"내 목표는 전도 체전에서 중등부 종합 우승이다. 그러니 모두 열심히 해 보자. 훈련은 개학 후에 본격적으로 시작한다. 주말 잘 쉬고 다음 주에 보도록 이상."

선생님은 이제 더는 우리 앞에서 떨지 않았다. 너무나도 당당했다. 우리는 그런 선생님의 변화에 개의치 않았다. 매트에 누워 빈정대는 진영의 말을 듣기까지는 오직 훈련이 끝났다는 사실에 기쁘기만 했다.

"드림 컴 츄우~ 꿈은 이루어진다. 뭐야? 우리가 무신 태극 전사야? 지가 무신 히딩크야! 종합 우승은 무신."

'종합 우승'이라는 단어가 번개처럼 스쳐 갔다. 그제야 선생 님이 했던 말이 똑똑히 떠올랐다.

종합 우승이라니! 그건 말도 안 된다. 육상 종목은 경쟁이 치 열하다. 연습만큼 재능이 따라 줘야 한다는 것을 우리도 안다. 육 상부는 구기 종목과 달리 대부분 중학교에 있다. 그런데 이제 막 중학교 3학년에 육상을 시작하는 우리가 어떻게 종합 우승을 할 수 있다는 말인가? 절대 불가능하다. 진영의 말대로 우리가 태극 전사도 아니고, 선생님이 천재 감독 히딩크도 아니니.

겨울 방학 마지막 일요일, 우리는 용머리 아래 바위 사이에 앉아 사람들을 구경하고 있었다. 3월이 다가오자 날이 제법 따뜻 해졌다. 바닷바람도 봄처럼 순해졌다. 용머리에는 벌써 관광객이 가득 차 있었다. 그중 중국인 관광객이 더 많아 보였다.

용머리는 한라산에 화산이 폭발할 때 굳어진 기암으로 모양 이 마치 용의 머리와 같다 하여 붙여진 이름이다. 용담동 사람들은 용머리라고 부르고, 관광 온 사람들은 용두암이라고 불렀다. 관광객들은 용머리를 배경으로 사진을 찍고, 해녀들에게 바다에서 잡은 해삼과 멍게 등을 샀다.

"올라가지 말라는 표시가 있는데도 기어이 올라간당."

진영이 혀를 차며 한 소리 했다. 용머리에 바짝 올라가 사진 찍는 아저씨와 아주머니의 모습이 보였다. 다 큰 어른들이 올라간 모습에 기분이 상했다. 저렇게 올라가다간 언젠간 용머리가 끊어질 것만 같았다.

저 용머리마저 없다면 이곳은 얼마나 초라한 바다였을까? 관광객들에게는 비록 용머리가 그냥 돌일 뿐이지만 용담동에 사는 우리에게는 돌이 아닌 신비한 '용'이기도 했다.

"태풍 부는 날 와야 진짜 멋있는데."

미란의 말처럼 용머리는 태풍이 몰아치는 날 봐야 제맛이다. 삼킬 것 같은 커다란 파도가 용머리에 부딪힐 때마다 용의 울음소리가 들리는 것 같고, 용솟음치는 용의 모습이 보이는 것 같다. 하지만 어느 관광객이 태풍이 몰아치는 날 이곳에 오겠는가? 그러니 관광객은 전설의 용두암을 느끼고 갈 수 없다. 그냥 돌을 보는 것뿐이다. 그래서 다들 불로장생의 약초를 캐러 와서 한라산

달려라, 요망지게!

산신이 쏜 날카로운 화살에 맞아 죽은 용이 용머리가 되었다는 전설에 코웃음을 친다.

"본 적 이서(있어)?"

태풍이 부는 날 온 적이 있느냐는 연희에 물음에 우리는 놀라 동시에 되물었다.

"어서(없어)?"

설마 한 번도? 용담동에 사는 아이라면 밥 먹듯이 오는 곳이 용머리다. 어쩌면 연희의 집이 이곳과 멀어 비바람이 치는 날 오지 못했을 수도 있다. 연희는 용담 일동으로 우리와 조금 멀리 살고 있다. 그래도 용담동 아이라면 비바람 속에 와서 봐야 했다.

용담동, 용머리, 용연, 우리가 사는 곳에는 용에 관한 지명과 전설들이 많다. 그래서 이곳에 사는 아이들은 어릴 때부터 용에 관한 이야기를 자연스럽게 듣게 된다.

"경헌디, 구병이, 10종 경기 선수였댄 하드라(선수였다고 하더라)."

진영이 내 말을 끊었다.

"엥? 10종 경기?"

보미가 놀란 목소리로 묻자 우리는 바로 고개를 끄덕였다.

선생님은 10종 경기 선수를 하고도 남았으리라. 선생님이 뛰어난 육상 선수였다는 것을 아무도 의심치 않는다. 우리도 보는 눈이 있다. 진 선생님은 다른 체육 선생님과는 달랐다. 자신은 아무것도 하지 않고, 학생들만 시키는 그런 교사가 아니다. 또 말도 안 되는 사적인 감정으로 흥분하는 스타일도 아니다. 그래서 우리는 달라붙는 쫄바지를 입는 것은 이해하기 어려웠지만 진 선생님을 육상부 선생님으로는 인정하게 되었다. 며칠 동안의 훈련이었지만 선생님을 충분히 파악할 수 있었다. 선생님의 머릿속에는 오직 육상, 육상부, 종합 우승밖에 없는 것 같았다. 잠깐의 테스트 훈련은 겨울 방학 내내 연습한 것과 같은 뿌듯함을 주었다. 모두 내색하지 않았지만 그렇게 느꼈다. 학교에서 없앤 훈련이지만 방학 내내 훈련을 하지 않아 괜히 찜찜했다. 공부를 안 하는 날라리여도 혼자 복도에 서 있는 것보다 교실이 더 편한 것처럼 우리도 훈련을 제대로 하지 않지만 체육관과 운동장에 있는 것이 더 편하고 좋았다.

"참, 우리 농구 다시 할 거래."

"뭐어?"

이게 무슨 소리인가? 나는 놀라 큰 소리로 물었다.

달려라, 요망지게!

보미는 테스트 첫날, 선생님을 찾아갔던 이야기를 오늘에야 꺼냈다. 우리는 농구를 그만둔 것이 아니다. 육상을 하다가 농구 대회가 있으면 농구 대회에도 나가야 한다는 것이다.

"그럼, 우리가 두 개 다 한다고? 육상이랑 농구를?"

보미가 고개를 끄덕였다. 농구를 다시 할 수 있게 되어서인지 보미는 기분이 좋아 보였다. 하지만 나는 두 개의 운동을 모두 해야 한다는 생각에 몸이 벌써 천 근이나 된 것처럼 무겁게 느껴졌다.

"난 ……용머리처럼 되지 않을 거야."

보미가 혼잣말을 했다. 다른 관광객이 또 용머리로 올라가고 있었다. 돌계단에는 겨우내 초록색 잎을 내놓았던 제주 수선화가 드디어 하얀 꽃망울을 터트려 피어 있었다. 바람이 불어오자 꽃대가 흔들렸다. 여러 개의 꽃망울이 마치 우르르 몰려다니는 우리처럼 함께 나풀거렸다.

4
꽃샘추위

제비가 아스팔트 길 위를 낮게 날더니 부메랑처럼 다시 돌아왔다. 집을 지으려는지 한 움큼의 진흙을 물고 있다. 다끄네 봄은 바닷바람에서부터 시작된다. 부드러워진 바닷바람은 보리밭을 돌아다니며 보리의 키를 부쩍 키우고, 노란 유채밭으로 뛰어가 노란 꽃망울을 터트리라며 간지럼을 태우듯 촐랑대며 불어 댔다.

곧 내려오겠다는 아빠의 전화가 왔다. 느낌이 좋다. 짧은 통화였지만 아빠의 목소리에서는 향긋한 봄 냄새가 났다.

이제 중학교 3학년이다. 중학교 3학년, 일 년이 지나면 더는 중학생이 아니다. 중학교의 마지막이라는 것 때문인지 올해가 색

달려라, 요망지게!

다르게 느껴졌다.

강당에는 반 배정표를 보는 아이들로 가득했다. 고함을 지르는 아이들, 같은 반이 됐다며 얼싸안고 좋아하는 아이들, 울상 짓는 아이들, 여기저기서 한숨과 웃음소리가 터져 나왔다. 나와 연희도 배정표를 서둘러 살펴보았다. 1반, 그곳에는 우리의 이름이 없었다. 보미는 2반, 연희는 4반, 미란과 진영은 7반, 그리고 나는 6반이 되었다. 결국 농구부 아이들과는 아무도 같은 반이 되지 않았다. 긴 한숨이 터졌다. 아이들이 이런 내 모습을 봤다면 또 '할망' 같다며 한 소리를 했을 것이다.

목련이 피어났다. 북쪽 하늘을 향해 뾰족한 봉오리를 오랫동안 달고 있더니 삶은 달걀의 껍질을 벗기듯 꽃받침을 폭폭 떨어뜨리고 동그랗고도 하얀 꽃봉오리를 내밀었다.

새 학기가 시작되자 훈련이 거세졌다. 우리는 갑자기 거세진 훈련에 반항할 틈도 없이 빠져들었다. 새로 오신 선생님과 육상부, 사실 마음만 먹는다면 반항하고 운동을 중단할 수도 있었는데, 처음부터 선생님의 희한한 테스트와 거센 훈련으로 기가 죽었다. 그래서 때를 놓치고 말았다. 더군다나 진 선생님은 훈련의 시작부터 끝까지 우리와 함께했다. 함께 운동장을 돌고 체조를 하고 정확한 자세와 기술을 가르쳤다. 우리가 전에 했던 청소년 체조가 아니라 몸 전체의 근육을 풀어 주는 요가와 비슷한 새로운 스트레칭을 가르쳤고, 마인드 컨트롤이라는 명상까지 했다. 이런 진 선생님의 훈련 방법은 굉장히 현대적이고 과학적이었다. 우리가 작은 섬의 여자 중학생이라고 해도 인터넷과 텔레비전에서 듣고 보는 건 있으니 알 건 웬만큼 다 안다. 더구나 우리는 한 가지 종목을 훈련했지만, 선생님은 육상부의 모든 종목을 가르치고 같이 훈련했다. 그러니 우리가 힘들다고 어떻게 군소리를 할 수 있겠는가! 물론 훈련은 지금까지의 운동과는 달랐고 도망칠 수만 있다면 도망치고 싶을 만큼 힘들었다.

그전 농구부의 운동은 준비 운동과 정리 운동이 각 5분, 본 운동이 1시간을 넘지 않았다. 그런데 육상부의 운동은 20분의 조깅, 20분의 스트레칭 그리고 5분의 명상까지가 준비 운동이었다. 본 운동은 2시간 가까이 되었다.

"하나, 둘, 셋……, 열다섯. 다리 풀고, 다시 다리 올리고 하나……."

선생님은 오른손으로 오른발을 잡아 뒤쪽으로 뻗게 하고, 왼팔을 쭉 뻗었다. 마치 새가 날아가듯이 그렇게 몸을 길게. 아이들은 중심을 잡지 못하고 휘청거렸다. 이런 우스꽝스러운 모습을 하는 것도 다른 아이들의 그런 모습을 보며 웃음을 참는 일도 쉽지 않았다. 다른 곳으로 눈을 돌려도 원형으로 둘러싼 우리의 우스꽝스러운 모습뿐이다. 하지만 우리는 선생님이 워낙 진지하게 자세를 취했기에 가까스로 웃음을 참아 가며 버텼다. 이리저리 몸을 꼬는 기이한 형태를 만드는 요가를 닮은 스트레칭은 우리를 히죽거리게 했지만 선생님은 전혀 창피해하지 않았고, 웃지도 않았다.

스트레칭까지 하고 나면 1시간이 소요되었다. 그래서인지 마치 운동이 모두 끝난 느낌이다.

"자, 모두 잔디에 눕고, 몸에서 힘을 빼라. 그리고 숨을 깊게 쉰다. 그리고 자신이 뛰는 모습을 그려라. 발을 가슴 가까이 당기며, 팔을 몸 가까이 붙이고 흔들어라. 머릿속에 정확한 모습을……."

선생님은 머릿속에 그림을 그리듯 훈련하는 모습을 그려 보도록 했다. 하지만 마인드 컨트롤이라는 명상은 선생님의 기대와 달리 나를 종종 잠들게 했다.

준비 운동이 끝난 후 본격적인 본 운동이 시작된다. 본 운동은 약 2시간. 각자 종목을 선생님의 지시대로 되풀이하는 반복 훈련이다. 아이들은 각자 종목의 위치로 뿔뿔이 흩어져 선생님의 지시를 따랐다. 연희는 포환을 들고 모래밭으로, 보미는 운동장 트랙으로 갔다. 미란은 운동장 내 잔디밭에서 창을 던졌다. 나와 진영은 100m 트랙에 가서 자세 잡고 다리 올리기나 출발 연습, 중반부에 속도를 내는 피치 연습을 무한 반복했다. 지겨울 만큼 오랜 반복 훈련이지만 다행히 진영과 함께해서 선생님의 눈치를 보며 수다를 떨 수 있었다.

　　마무리 운동은 준비 운동과 똑같이 진행되었다. 이렇게 우리는 4시간 가까이 되는 운동을 날마다 반복했다. 중학교에 올라와서 열심히 운동해 본 적이 없던 우리의 몸은 소금에 절인 배추처럼 금방 숨이 죽었다. 얼마 동안은 온몸이 쑤시고 아팠다. 그런데 이상하게도 시간이 지날수록 몸이 점점 가벼워졌다. 나 혼자 그렇게 느낀 것이 아니다. 아이들도 힘들다고 말했지만 얼굴에 생기가 돌았다. 봄볕에 쑥이 자라듯 우리의 몸도 쑥쑥 자라며 제 색을 내고 있었다.

　　봄이 오는가 싶더니 다시 겨울로 되돌아간 듯 날씨가 쌀쌀해졌다. 며칠 동안 따뜻하더니 이른 봄에 피운 꽃을 시샘하는 꽃샘추위가 왔다. 두꺼운 겨울 점퍼를 다시 꺼내 입기도 그렇고 봄 점퍼를 입으면 감기에 걸릴 듯한 애매한 날씨가 이어졌다. 갑작스런 꽃샘추위는 육상부 주장 자리를 놓고 옥신각신하는 우리에게도 찾아왔다.

미란은 처음부터 육상부 주장을 할 생각이 없었다. 진영이 주장을 하고 싶어 한다는 것을 알았기에 우리는 진영을 추천해 주기로 했다. 그런데 선생님이 미란을 뽑아 버렸다.

"우리, 미란이랑 말 안 하기로 했다."

"왜?"

나는 출발선에서 스타팅 블록을 맞추다가 진영을 쳐다보며 물었다.

"그냥 말하기 싫어. 넌 어떵 할 거냐?"

진영은 아무렇지도 않게 대꾸했다. 진영은 주장이 된 미란을 따돌릴 생각이다. 나는 서둘러 창을 던지는 미란을 쳐다보았다. 미란은 우리의 말이 들리지 않을 정도로 멀리 있다.

"넌 어떵 할 거?"

진영이 짜증 난 목소리로 빨리 결정하라며 대답을 재촉했다.

"······알았어, 나도 말 안 할래."

한참을 망설이다 대답했다. 그러자 진영은 의외란 얼굴로 쳐다보았다. 대체 진영은 내가 어떻게 나올 것으로 생각했던 것일까?

훈련이 끝나고 나와 보미는 미란의 눈을 피해 집으로 돌아왔다. 오는 내내 마음이 편치 않았다. 비슷한 일이 있었다. 초등학교 4학년 때, 반장이 같은 반 여자아이를 괴롭혔다. 그때 나는 공부도 잘하고, 얼굴도 예쁜 반장이 왜 약한 애를 괴롭히는지 알 수 없었다. 그 뒤 예쁘고 대단해 보였던 반장이 작고 초라해 보였다. 그런데 오늘 내가 그 반장과 똑같았다. 내 자신이 너무 한심스럽다.

이튿날, 누구도 먼저 진영에게 그만두자는 얘기를 꺼내지 못했다. 우리는 미란과 진영의 눈치를 보았다. 미란은 연습 중에도 필요한 지시만 할 뿐 아무 말도 하지 않았다. 우리를 둘러싼 공기가 달라졌다. 어색하다. 혼자 집으로 돌아가는 미란의 뒷모습이 외롭고 쓸쓸해 보여야 하는데, 오히려 당당해 보였다. 마치 미란이 우리를 멀리하는 것 같다.

"그 오빠, 진짜 멋져. 네가 봤어야 하는데. 완전 꽃미남이야!"

진영은 연습 내내 주말에 만난 남자에 대해 늘어놓았다. 나는 그런 진영의 모습에 짜증이 밀려왔다.

"야, 이제 그만하자."

"뭘 그만해?"

진영이 무슨 말이냐며 되물었다.

"뭐긴 뭐야? 미란이하고 말 안 하는 거 그만두자고!"

나는 화가 머리끝까지 치솟아 소리쳤다.

"무사 말 안 햄시냐?"

진영은 왜 미란과 말을 하지 않느냐며 도리어 정색했다. 오히려 놀란 척 눈을 동그랗게까지 떴다.

'정말 잊어버린 것일까?'

나는 진영을 째려보며 물었다.

"뭐야, 그럼 너 지금 미란이하고 말해?"

진영이 재빨리 고개를 끄덕였다. 기가 막혔다. 자기 맘대로 우리를 미란과 말을 하지 않게 해 놓고선 정작 자신은 아무렇지도 않게 말을 하고 있었다.

나는 진영의 등을 '퍽! 퍽!' 요란한 소리가 나게 때렸다. 진영이 토끼 눈을 하고 나를 쳐다보았다.

연습이 끝난 뒤 우리는 간만에 용연을 찾았다. 훈련과 미란의 일로 며칠 오지 못했다. 날이 풀려선지 용연 주변과 용연을 가로지르는 구름다리 위에 사람들이 많았다.

용연은 한라산에서 내려오는 내천과 바다의 물이 만나는 곳으로 동해의 용이 와서 풍치를 즐겼다고 해서 이름이 용소라고 불리다가 지금의 이름이 되었다. 30m가 훌쩍 넘는 높은 절벽이 병풍처럼 둘러 있고, 그 아래로 한라산 물이 바다로 흐른다. 절벽에는 사계절 내내 푸른 녹나무와 동백나무, 소나무 그리고 겨울까지도 붉은 열매를 단 볼레낭(보리수나무)이 가득했다. 용연은 바다와 내천이 만나고, 나무의 푸른빛과 물의 옥빛이 만나고, 바닷새와 산새가 자유로이 함께 나는 곳이다. 할머니는 저 맑은 옥빛에 빛바랜 저고리를 담고 싶다고 했다. 그래선지 늘 용연의 바닷물을 볼 때면 할머니의 옥빛 한복이 떠올랐다.

진영과 보미가 서둘러 뛰어서 용연의 구름다리를 건넜다. 발걸음을 따라 구름다리가 울리며 조금씩 움직였다. 미란은 꼼짝 않고 먼바다를 보고 있었다. 소나무 가지에 앉은 멧비둘기가 '구구구구' 소리를 내며 울었다.

"미란아?"

미란이 고개를 돌리며 뒤돌아섰다.

"미안했어."

"뭐가?"

미란이 모른 척 시치미를 뗐다.

"있잖아……."

말을 꺼내자니 얼굴이 화끈거렸다. 순간 쿵쾅거리는 소리와 함께 아무것도 잡고 있지 않은 내 몸이 휘청거렸다.

"야야, 하지 마!"

미란이 내 팔을 잡으며 아이들에게 소리쳤다. 구름다리 끝에서는 진영과 보미가 장난을 치며 또다시 방방 뛰어올랐다. 아이들의 체중을 실은 구름다리가 넘실넘실 출렁거렸다.

"하지 말라고. 정말 무섭다고!"

연희가 힘껏 소리 질렀다. 나는 다리가 덜덜 떨렸다. 30m 바다 위에 쇳줄과 나무로 엮어 세워진 튼튼한 구름다리가 절대 그럴 일이 없겠지만 바다로 뒤집힐 것 같다. 보미와 진영은 벌벌 떠는 우리의 모습에 뛰기를 멈추고는 웃어 댔다. 화가 난 연희가 아이들을 잡으러 성큼성큼 달려갔다. 미란과 나는 아이들을 따라갔다. 아이들은 구름다리 아래 동굴로 내려갔다. 구름다리 아래로 내려오자 용연이 더욱 푸르러 보였다. 언제나 푸르다고만 생각했던 용연에도 겨울이 그리고 봄을 시샘하는 꽃샘추위도 있을 것이다. 그렇지 않고서야 지금처럼 나무와 풀이, 그리고 물이 이렇게 싱그러운 푸른빛을 낼 수 있을까? 추운 겨울과 변덕스러운 꽃샘추위를 이겨야만 저렇게 푸른빛을 낼 수 있을 테다. 나는 우리가 추운 겨울과 꽃샘추위를 견뎌 저 파릇한 잎처럼 반짝거릴 수 있기를 빌었다.

'미란이 아버지가 돌아가시다니?'

말도 안 된다. 우리는 미란의 아빠가 이미 오래전에 돌아가신 줄 알았다. 나는 배고픈 다리에서 아이들을 기다렸다. 멀리 용연의 구름다리와 바다가 보인다. 배고픈 다리는 정드르에 사는 사람들이 내를 건너려고 만들었다. 지금은 반듯하게 고쳐 차가 다닐 수도 있는 단단한 다리지만, 초등학교에 다닐 때만 해도 찰흙으로 아무렇게나 빚어 놓은 것 같은 구식 다리였다. 반듯하고 네모난 구석이 하나도 없던 이 다리는 가운데가 손가락으로 누른 것처럼 아래로 툭 내려앉아 있었고 심지어 시멘트 안에 박은 철근이 튀어나와 보기에 더 흉했다. 그래서 사람들은 배고픈 다리라고 불렀다.

우리는 미란이 알려 준 장례식장으로 향했다. 중학교에 들어와서 그토록 자주 미란의 집을 들락거리면서도 두 여자가 어떻게 먹고 살아가는지 한 번도 생각해 보지 않았고, 관심을 두지도 않았다. 미란의 엄마가 가게를 한다는 정도만 알 뿐 어떤 가게인지 어디서 하는지 제대로 알지 못했다. 물론 그것은 자신의 얘기를 전혀 하지 않는 미란의 성격 때문이기도 했다.

우리는 장례식장에서 미란과 함께 있기로 했다. OO상조 마크가 붙은 옷을 입은 아주머니 셋이 손님들이 오기를 기다리고 있었다.

너무 슬프면 울음이 나오지도 않는다는 어른들의 말이 맞는 것 같다. 미란의 얼굴에는 슬픔도 기쁨도 찾아볼 수 없었다. 아무런 감정도 없는 얼굴이다. 마치 죽은 사람과 같은 표정. 물론 나는 죽은 사람의 얼굴을 직접 본 적은 없다. 하지만 미란의 얼굴을 보자 죽은 사람의 얼굴 같다는 생각이 들었다. 엄마와 단둘이 빈소를 지키는 미란이 불쌍해 보였다.

"장례식장엔 아들이 있어야지."

일하는 아주머니들이 미란을 보며 쑥덕였다. 할머니도 자주

하는 말이라 나도 새삼스럽게 맞는 얘기처럼 느껴졌다.

"아들은 무신. 딸이면 어떵 하나!"

진영이 일부러 들으라고 큰 소리로 말했다.

"맞아. 왜 장례식장엔 꼭 아들이 있어야 해?"

딸 부잣집 막내인 보미가 요망지게(야무지게) 맞장구쳤다. 연희도 고개를 끄덕였다. 아주머니들은 우리 눈치를 보며 다른 쪽으로 갔다. 어리석은 생각을 한 내가 부끄러워서 얼굴이 빨개졌다.

미란의 엄마는 돌아가는 우리에게 몇 번이나 고맙다고 인사했다. 미란이 우리를 병원 앞 횡단보도까지 배웅했다.

"장지는 어디야?"

"화장할 거야."

"아, 토장 아니고?"

"응."

미란은 감정이 드러나지 않는 얼굴로 대답했다.

"그래. 화장도 나쁘지 않지. 잘됐네."

불쑥 잘됐다는 말이 튀어나왔다. 딱히 할 말이 없어서였다. 그런데 미란이 고개를 끄덕였다. 미란은 무엇이 잘됐다는 걸까?

화장이 잘됐다는 걸까?

　제주도 어른들은 대부분 아직도 귀신이 있다고 믿는다. 제주도가 섬이고 높은 한라산이 있기 때문에 귀신이 많다고 여긴다. 그래서 무슨 일이 있을 때마다 날을 받아서 치른다. 이사나 장례와 같은 큰일에는 반드시 날을 받아 그날대로 치러야만 뒤탈이 없다고 굳게 믿는다. 그래서 아직도 화장이 아닌 토장을 하려는 경우가 많다. 나는 미란과 아주머니가 왜 화장을 선택했는지 알 것만 같다.

　4월이 되자 바다와 하늘의 끝이 어디인지 알 수 없는 맑은 날이 계속되었다. 버스를 놓치지 않으려고 정류장으로 서둘러 걸어갔다. 밭에는 노란 물감을 쏟아 낸 것 같은 유채꽃이 가득 피어 있었다. 쌉싸래한 향내가 번진다. 이제 완연한 봄이다.

　미란은 장례식 이후 전과 똑같은 모습으로 나타났다. 진영이 미란의 아버지에 대해 여러 번 캐물었지만 아무 대답도 하지 않았고 곧 그 일은 우리의 관심에서 벗어났다.

　우리는 전도 체전 예선전을 위해 일주일에 두 번씩 제주종합경기장에서 훈련하기 시작했다. 종합경기장에는 육상과 축구를 할 수 있는 다목적 주경기장과 야구장, 실내 수영장, 체육관이 있다. 그동안 실내 농구장에서 연습했는데 주경기장인 육상 경기장으로 들어가려니 조금 어색했다. 하지만 막상 육상 경기장에 들어서자 환호성이 튀어나왔다. 실내 농구장의 몇십 배나 되는 넓은 육상 경기장에는 색색의 트랙과 의자들이 반질대며 색을 자랑하고 있었다. 넓은 400m 트랙 안에는 보리처럼 파란 잔디가 뾰족이 싹을 내고 있었다. 파란 하늘과 초록의 천연 잔디, 그리고 갈색, 흰색, 노란색 우레탄 재질의 고무 트랙의 육상 경기장은 실내 농구장과 달리 형형색색의 색을 담고 살아 꿈틀거리는 것 같았다.

'저 잔디에 누워 하늘을 바라보면 어떤 느낌일까?'

나는 결승점에 골인해 잔디에 누워 하늘을 보는 상상을 해보았다. 상상만으로도 기분이 들떴다.

훈련은 400m 트랙을 조깅하는 것부터 시작되었다. 갈색과 노란색, 흰색 줄무늬가 어우러진 고무 트랙을 밟으니 기분이 이상하다. 진짜 육상 선수가 된 느낌이다. 스파이크로 갈아 신자 몸이 튀어 올랐다. 침이 이렇게 날카로운 스파이크는 처음 신어 보았다. 스파이크는 육상 전용 신발이다. 나와 보미는 서로의 스파이크 침을 비교해 보았다. 장거리와 달리 단거리는 트랙을 강하게 밀고 재빨리 뛰어야 하기에 스파이크 침이 더 가늘고 날카로웠다.

우리는 4월 예선전을 열흘 앞두고 따가운 봄볕을 맞으며 비지땀을 흘렸다. 점점 까맣게 변하는 우리의 얼굴에는 어느덧 주근깨가 소복이 올라와 자리 잡았다.

나와 진영은 선생님 앞에서 출발 자세를 연습했다. 선생님은 유독 자세가 중요하다며 자세 잡기에 힘을 쏟았다. 기본이 되어야 좋은 기록을 낼 수 있다고 했다. 하긴 모든 일이 그렇다. 기초가 있어야 공부도 잘하고, 집도 잘 지을 수 있고, 할머니 말처럼 땅이 좋아야 농사도 잘 지을 수 있다.

인간은 적응의 동물인가 보다. 처음 한 달간은 연습 후 아무것도 할 수 없었는데 지금은 몸에 배었는지 고된 훈련에도 끄떡없었다. 우리는 기초 체력과 부족한 부분을 계속 연습했다. 유연성과 순발력이 부족한 나는 스타팅 블록에서 출발 연습을 셀 수 없이 해야만 했다. 그러자 둔한 내가 느끼기에도 체력과 실력이 날로 좋아졌다.

5
두근두근 예선전

종합경기장 주변에는 꽃을 가득 피운 벚나무들로 뭉실뭉실 구름이 떠 있는 듯했다. 벚꽃 구경을 나온 사람들로 한산했던 종합경기장 주변이 시끌벅적했다. 바람에 벚꽃이 눈꽃처럼 우수수 흩날리자 사람들이 환호성을 질렀다.

예선전이 일주일 앞으로 다가와 우리는 오전 수업만을 받고 바로 종합경기장에 가서 훈련했다. 운동장에 저녁 그림자가 드리울 때까지 강도 높은 훈련이 계속되었다. 긴 훈련 시간으로 하루하루가 늘어진 엿가락처럼 길어졌다. 혹독한 훈련으로 지친 우리와 달리 선생님은 늘 긴장된 모습이었다. 선생님은 면도날처럼

달려라, 요망지게!

신경이 날카롭게 곤두서 인상을 잔뜩 찌푸렸다. 선생님의 운동량이 우리 중 가장 많으니 몸도 피곤할 것이다. 보미와 보조를 맞춰 장거리 연습을 하니 더 그렇다. 우리는 그런 선생님을 보며 또다시 혀를 내둘렀다.

종합 우승을 위해서는 적어도 모두 예선전을 통과해야 한다. 제주시 예선에서 2위에 들어야 가을에 있는 결승전에 뛸 수 있다. 만약 누구라도 떨어지면 그 사람의 훈련은 자연스럽게 없어진다. 육상은 농구와 달랐다. 단체 운동이 아니니 스스로 열심히 해야 한다. 그래서인지 아이들은 각자의 훈련에 집중했다. 농구를 할 때와는 다르게 많이 긴장한 모습이다. 나는 우리가 모두 2위에 입상해 가을까지 함께 운동할 수 있기를 빌었다.

중간 속도를 높이기 위한 허벅지 근력 연습을 여러 차례 반복하자 허벅지 근육이 덜덜 떨렸다. 다리가 휘청거렸다.

"다리를 높이 들고, 팔을 바르게 흔들어. 옆으로 벌어지지 않게. 최대한 몸에 바짝 붙여서 흔들어야지."

선생님이 다가왔다. 나는 정신을 차리고 흔들리는 자세를 바로잡았다.

"처음 테스트 때는 실력이 다른 아이들과 비슷하던데, 지금은 아주 많이 좋아졌어."

선생님의 칭찬에 기분이 날아갈 것만 같다. 휘청거렸던 다리도 언제 그랬느냐는 듯 힘이 들어갔다.

진영은 연습보다는 밤늦게 재민 오빠를 만나러 다니느라 정신이 없었다. 재민 오빠는 지난번 소개팅에서 만난 고등학생이다. 만날 시간이 없다며 매번 투덜거렸지만 언제나 재민 오빠와의 새 얘깃거리가 생기는 것을 보면 몰래 만나는 것이 틀림없다. 쉴 새 없이 재민 오빠를 자랑하는 진영이 시끄러웠지만 그런 진영의 마음을 알 것 같다. 누구나 사랑에 빠지면 바보가 된다. 비밀이라고 하면서 먼저 말을 꺼내고, 잠시라도 그 사람에 관해 이야기를 하지 않고는 못 배기고, 그 사람을 생각하는 것만으로도 행복해진다. 드라마와 영화에 나오는 사랑 이야기가 모두 자신의 마음인 것 같고, 라디오에서 흘러나오는 음악이 모두 자신 얘기처럼 느껴진다.

예선전을 앞둔 마지막 금요일 오후 훈련을 마친 우리는 지친 몸을 이끌고 관덕정으로 향했다. 진영의 남자 친구인 재민 오빠를 보기 위해서다. 진영은 우리에게 재민 오빠를 보고 어떤지 알

려 달라고 졸랐다. 이미 재민 오빠에게 푹 빠져 있어 우리가 별로
라고 해도 달라지는 것은 없을 텐데 말이다. 진영은 우리에게 재
민 오빠를 자랑하고 싶은 것 같았다.

우리는 진영과 떨어져 관덕정 옆 분수에 걸터앉았다. 앞쪽에
앉은 진영이 손거울을 꺼내 머리를 매만졌다. 마치 우리를 전혀
알지 못하는 아이처럼 행동했다.

"아빠한테 걸리면 안 돼."

연희가 분수 옆 파출소를 힐끗 쳐다보고는 고개를 숙였다.
연희의 아버지는 관덕정 옆 파출소 소장이다.

"설마, 이 많은 사람들 속에서 어떻게 보냐?"

보미가 걱정하지 말라고 했지만 연희는 고개를 숙인 채 들지
않았다. 나는 연희의 어깨에 기댔다. 오늘따라 유난히 관덕정에
사람이 많다. 관덕정은 조선 시대 때 병사들의 훈련장으로 썼던
곳이다. 제주에 현존하는 가장 오래된 건물로 팔작지붕이 아래에
는 세종대왕의 셋째 아들 안평대군이 쓴 현판이 걸려 있다. 우리
는 정자 위에 올라앉아 사람들을 구경했다. 관덕정 뜰에서 요란
한 굿 소리가 흘러나왔다. 무슨 굿을 하는지 사람들이 모여들어
구경하고 있다.

택시가 동네 입구로 들어왔다. 그러고는 정확하게 우리 집 앞에서 멈췄다. 기다리던 택시다. 문이 열리면서 아빠가 내렸다. "아빠." 하고 나도 모르게 손을 흔들며 달려가려다 순간 멈춰 섰다. 택시 뒷문에서 내리는 다른 사람의 모습이 들어왔다. 젊은 여자와 어린 아기가 함께 내렸다. 택시에서 내린 아빠가 어색한 표정을 지었다.

호랑이가 장가를 가나 보다. 햇살 사이로 빗방울이 떨어진다. 오늘만 벌써 두 번째다. 한 마리의 호랑이가 두 번 장가를 가는 건지, 두 마리의 호랑이가 장가를 가는 것인지 알 수 없지만 해가 났는데도 비가 내리는 이런 날이 싫다. 정말 짜증이 난다. 다끄네물을 지나 말머리까지 한숨에 달렸다. 숨이 가쁘고 가슴이 아팠다. 비가 그치자 언제 그랬느냐는 듯 다시 해가 쨍쨍거렸다. 용연 구름다리에 다다랐다. 이곳에서 처음이자 마지막으로 아빠와 함께 밤낚시를 했다. 구름다리 아래 바위에 자리를 잡고 앉은 나는 아빠가 시키는 대로 손전등을 들어 바닷물에 비추었다. 시간이 좀 지나자 새끼 장어들이 빛 아래로 모여들었다. 아빠는 기다란 장대로 새끼 장어들과 물을 함께 퍼 올렸다. 실처럼 가는 장어들이 파릇파릇 움직이는 것이 너무 신기했다. 나는 아빠와 앉

왔던 그 바위를 노려보았다. 흔들리는 구름다리 때문에 속이 울렁거린다. 아빠와 할머니 앞에서는 담담한 척했지만 알 수 없는 묘한 감정들이 용솟음쳤다.

창문을 두드리며 미란의 이름을 불렀다. 미란이 나오자 우리는 용머리로 걸어갔다. 나는 아빠와 함께 온 여자와 아기에 관해 얘기했다. 물론 할머니가 이 사실을 모두 알고 있었다는 것을 빠뜨리지 않았다.

"잘됐네. 새엄마랑 남동생 생긴 거네."

순간 잘못 들었다고 생각했다. 내 친구라면 그렇게 말할 수 없을 거라고 여겼다.

"뭐?"

미란이 다르게 말해 주기를 기대하며 되물었다. 하지만 미란은 방금 한 말을 다시 내뱉었다.

"너 어떻게 그렇게 말해?"

미란은 씩씩대는 나를 빤히 쳐다보았다. 자신이 무엇을 잘못했는지 모르겠다는 표정이다.

"넌 너희 아빠가 바람났다고 하면 좋아?"

순간 생각지도 않은 말이 튀어나왔다. 장례식장에서 들었던 그 얘기, 미란의 아빠가 바람을 펴서 딴살림을 차렸다는 말. 미란에게 위로받지 못하자 상처를 주고 싶었나 보다.

"뭐?"

미란의 눈초리가 사납게 올라갔다.

'봐, 너도 화나지?'

나는 미란을 노려보았다. 내가 화난 만큼 미란도 화가 났으리라 생각했다. 하지만 미란의 얼굴은 사나워졌다가 순식간에 아무 일 없는 듯 무표정이 되었다.

미란이 '푸' 소리 내며 웃었다. 나는 당황스러워 어쩔 줄 몰랐다. 미란은 아이들이 모두 알고 있는지 물었다. 나는 고개를 끄덕였다.

"하긴 이젠 모두 알아도 상관없지. 뭐, 괜찮아. 아빠가 바람난 게 내 잘못도 아니고, 우리 엄마 잘못도 아니잖아."

나는 미란이 말이 모두 맞는 말이라 잠자코 듣기만 했다.

"너 모르지? 내가 울 엄마 얼마나 싫어했는지. 그래서 어떻게 하면 엄마를 괴롭힐 수 있을까 고민하고 살았어."

미란이 엄마를 괴롭히려 했다는 말이 믿기지 않았다. 차갑긴 했지만 미란은 꽤 반듯한 아이다.

"처음엔 집 나간 아빠가 싫었는데, 아빠를 매일 기다린 엄마가 더 밉더라. 저래서 아빠가 집을 나간 거구나. 자꾸 이런 생각이 들더라……."

미란이 울어 버릴까 걱정되었다. 만약 운다면 어떻게 해야 할지 생각했다. 하지만 미란은 울지 않았다. 목소리는 점점 마른 나무처럼 건조하고 메말라 갔다. 흥분하면 소리를 지르거나 우는 나와 달랐다.

"근데, ……죽었어. 나는 뭐, 솔직히 실감은 안 나지만. 그런데 그날 엄마가 술 마시며 울더라. 이제 누굴 미워하며 악착같이 사느냐고. 그거 보니까 엄마, 나하고 닮았어. 엄마는 그 사람 미워하며 악착같이 살고, 나는 엄마 미워하며 살고……."

미란의 목을 쳐다보았다. 저렇게 울음소리를 내지 않으려 참고 있으니 목이 아플 것 같았다.

"……우리 인생 진짜 재밌지 않냐?"

미란이 입가를 살짝 올리며 희미하게 웃었다. 나는 미란에게 내 아픔만이 가장 큰 것이라고 어리광을 부리고 있었다. 미란의 말처럼 동생과 새엄마가 생긴 것뿐인데, 나만 외롭다고, 어린애처럼 투정을 부리고 있었다. 할머니 말처럼 아빠도 외롭고 혼자

살기 힘들다는 생각은 하지 못했다. 유치해지는 내가 너무 싫다. 미란의 말처럼 새엄마와 동생이 생긴 것뿐인데. 텔레비전에 나오는 이야기처럼 충분히 아빠를 응원해 주고, 의연하게 새 가족을 기쁘게 맞을 줄 알았다. 그런데 내 마음은 왜 이렇게 복잡하고 성난 복어처럼 가시를 세우게 되는지 모르겠다.

이튿날, 아빠는 며칠 더 있다가 가라는 할머니를 뿌리치고 오후 비행기로 떠났다. 예선전에서 달리는 모습을 보여 주고 싶었다. 아니 일등으로 결승선에 들어오는 모습도 보여 주고 싶었다. 하지만 나는 아빠에게 전도 체전 예선이 있다는 말도, 농구가 아닌 육상을 시작했다는 말도 꺼내지 못했다.

드디어 전도 체전 예선전이 시작됐다. 예선전은 사흘 동안 치러지기에 우리는 서로의 종목을 구경하려고 하루에도 서너 차례씩 경기장을 돌아다녔다.

오늘은 나와 진영의 100m 예선전이 있다. 우리는 100m 출발선에서 마지막 스트레칭으로 몸을 풀었다. 옆으로 몸을 틀다가 진영의 왼쪽 광대뼈에 멍든 자국이 보였다.

"얼굴이 왜 그래?"

나는 손가락으로 광대뼈를 가리키며 물었다. 그러자 진영이 재빨리 얼굴을 돌리며 대답했다.

"어, 그냥 부딪혔어."

"조심하지. 그러니까 제발 좀 정신없이 다니지 마. 꼭 이등 안에 들어야 해. 잘 뛰어. 알았지?"

"너나 잘해."

진영이 시끄럽다며 손을 내저었다.

남자 중학교 아이들의 경기가 시작되자 아이들은 결승선으로 우르르 뛰어갔다. 이제 곧 있을 우리의 경기를 보기 위해서다.

짧은 유니폼이 신경 쓰인다. 농구 할 때는 체육관이라 덜했는데, 밖에서 짧은 유니폼을 입고 있으니 여간 신경 쓰이는 게 아니었다. 바람이 등에 붙은 번호판 사이로 숭숭 들어왔다.

'바람아, 멈춰라, 멈춰! 아니면 내 등을 밀어 주든지!'

나는 바람을 맞으며 얼굴을 찡그렸다. 중학교 남자부 마지막 조가 출발했다. 다음이 내 차례다. 그 뒤로 진영의 조가 있다.

"자, 여자 선수 앞으로."

심판이 스타팅 블록을 조절할 시간을 주자 블록의 발 넓이를 내 발에 맞게 좁히고는 뒤로 물러섰다. 출발만 잘한다면 문제없다.

"제자리에."

모두 블록을 조절하고 뒤로 물러서자 심판이 총을 올리며 큰 소리로 외쳤다. 나는 다리를 살짝 올리며 앞으로 걸어 나갔다. 침이 꼴딱 넘어갔다. 긴장한 탓인지 손에 땀이 뱄다. 두 손을 슬쩍 바지에 닦고 숨을 크게 들이마셨다. 그러고는 허리를 굽혀 블록에 양발을 갖다 대고 두 손을 출발선 뒤쪽에 바짝 붙였다.

"차렷!"

구령 소리에 맞춰 몸을 일으켰다. 결승점에 서 있는 아이들과 선생님의 모습이 보였다. 속으로 숫자를 셌다. 셋 소리와 함께 총소리가 울릴 것이다.

'하나, 둘, 셋!'

'탕' 하고 울리는 총소리가 아닌 마음속으로 세던 '셋' 소리에 튀어 나갔다. 아이들보다 빨랐다. 먼저 튀어나온 것이다. 반칙이 아닐까? 총소리가 또다시 울리지 않나 귀를 기울이며 앞으로 내달렸다. 다행히 반칙을 알리는 두 번의 총성은 들리지 않았다. 경기도 중단되지 않았다. 나는 출발부터 결승선까지 거침없이 맨 앞에서 혼자 달렸다.

"와아아! 경미야, 일등이야. 일등!"

어느새 내 뒤를 쫓아온 아이들이 팔짝팔짝 뛰며 좋아했다. 나는 헐떡이는 숨을 가다듬고 아이들에게 웃어 보였다. 웃지 않으려 했지만 얼굴이 마음대로 움직였다. 목으로 올라온 하얀 결승끈을 잡아끌었다. 하얀 결승끈이 목에 붉은 생채기를 냈지만 일등을 표시하는 도장처럼 느껴져 아프지도 기분이 나쁘지도 않았다.

일등이라니, 정말 믿을 수 없다. 하늘을 날 것처럼 기뻤지만 최대한 티를 내지 않으려고 애썼다. 아이들이 서둘러 결승선으로 돌아갔다. 진영을 응원하기 위해서다. 나도 서둘러 뒤따랐다.

"출발이 제일 빨랐어. 아주 좋았어. 마지막까지 잘 밀었어."

선생님이 내 어깨를 두드리며 말했다. 흥분된 목소리다. 친근하게 말하는 선생님이 어색했지만 진심으로 기뻐하고 있었다.

심판의 우렁찬 목소리와 함께 다시 총소리가 하늘로 울려 퍼졌다. 선생님과 우리는 함께 커다란 목소리로 '달려'를 외쳤다. 진영이 달려온다. 앞으로, 앞으로.

정말 믿을 수 없는 일이 벌어졌다. 우리가 모두 해냈다. 진영의 말처럼 태극 전사도 아닌 우리가 해냈다. 사흘 동안의 예선전에서 우리는 모두 결승전에 진출할 수 있게 되었다. 석 달 만의 훈련으로는 정말 대단한 일이다.

나는 단거리인 100m와 200m, 보미는 800m와 1,500m 그리고 진영은 200m 한 종목 결승전에 올랐다. 미란과 연희도 각각 창과 투포환으로 결승전을 올랐다.

보미는 800m와 1,500m 모두에서 '도 기록'을 깨뜨려 신문에도 소개되었다. 보미가 1,500m에서 일등으로 들어오자 선생님은 너무 흥분했는지 우리처럼 팔짝팔짝 뛰기까지 했다. 그런 선생님의 모습에 웃음이 나기도 했지만 아무도 비웃지 않았다. 선생님은 우리에게 많은 기대를 걸었나 보다. 다른 사람에게 기대를 받는 것만큼 기분 좋은 일은 없다. 선생님의 기대는 학생인 우리를 우쭐하게 했다. 예선전은 마치 열여섯 우리들의 잔치와 같았다. 우리는 결승전에서도 좋은 결과가 다시 생길지 모른다는 기쁨에 사로잡혔다.

우리는 중앙로 지하상가 끝 분수대에 앉아 사람들을 구경하며 수다를 떨었다. 진영은 재민 오빠 이야기를 계속 떠들었다. 정말 사랑을 하면 눈에 콩깍지가 끼나 보다. 진영은 갑자기 우리에게 나중에 커서 무엇이 되고 싶은지 물었다.

"꿈? 무슨 꿈?"

꿈이라니? 평소에 진지한 소리를 하지 않는 진영의 입에서 나온 의외의 질문이었다.

"난 경찰."

먼저 연희가 멋진 경찰관이 되고 싶다고 했다. 우리는 짐작이라도 한 듯 고개를 끄덕였다. 연희는 아빠를 닮은 멋진 경찰관이 될 것이다.

"글쎄, 나는 아직 생각해 보지 않았는데."

"난 없어."

내 말이 끝나기 무섭게 미란이 잘라 말했다. 나는 그런 미란을 힐끗 바라보았다. 정말 없을까? 미란의 속을 알 수 없다.

"다들 왜 그 모양이냐? 보미야, 너는?"

진영이 한심하다는 듯 우리를 비웃으며 보미에게 물었다. 그러자 보미는 잠시 뜸을 들이며 말을 꺼냈다.

"……마라토너!"

"진짜?"

모두 놀라 쳐다보았다. 보미가 마라토너의 꿈을 갖고 있으리라고 생각지 못했다. 왠지 꿈이 있는 보미가 부러웠다. 나는 올림

픽에 나가 금메달을 받는 보미, 아니 춘애의 모습을 떠올렸다. 춘애라면 그럴 수 있을 것만 같았다.

"야, 무사 나한텐 안 물어 보멘? 빨리 물어봐, 얼른."

진영이 재촉했다. 그러고 보니 진영이 우리에게 자신의 꿈을 자랑하고 싶어 뜬금없이 꿈 얘기를 꺼낸 모양이다.

"꿈이 뭔데?"

보미가 묻자 진영이 갑자기 다소곳한 자세를 취하며 미소를 지었다. 마치 기자 회견장에 나온 스타 같다. 그러고는 잠시 뜸을 들이다 입을 뗐다.

"현모양처!"

"뭐어?"

순간 우리는 벌어진 입을 다물지 못했다. 처음에는 진영이 잘못 말한 줄 알았다.

"현모양처, 현모양처!"

진영은 우리를 바라보며 마치 자신이 현모양처가 된 것처럼 얌전히 웃어 보였다.

"웩~!"

우리는 저녁 먹은 것을 토하듯 소리를 내질렀다. 때마침, 지나가는 사람의 대화에서 '진짜 이상하다!'라는 말이 들리자, 우리는 진영에게 한 말 같아서 동시에 자지러지며 웃어 댔다. 진영은 웃어 대는 우리의 등과 팔을 마구 때렸다.

"야아! 무사 그러는데? 이것들이 정말······."

"야, 너, 크크, 정말 꿈이 현모, 크크, 양처야? 진짜로? 너랑 너무 안, 어~울린다. 너, 현모양처가 무슨 뜻인지는 알고 있냐?"

"정말, 이것들이 나를 어떵 보고? 무사 나랑 안 어울려?"

우리는 심각한 표정으로 그렇다고 고개를 끄덕였다. 어떻게 진영은 자신이 현모양처와 어울린다고 생각하는 걸까?

진영은 단단히 화가 났는지 뚱한 얼굴로 씩씩댔다.

6
이름 없는 친구, 박가

"경미야, 경미야!"

누군가 내 이름을 부르는 소리가 들렸다.

'박가다!'

사람들 사이에 긴 체육복 바지를 질질 끌다시피 하며 빠져나오는 그 아이의 모습이 보였다. 체육복 바지가 그 아이의 엉덩이에 걸려 있었다.

"어? 아, 안녕."

나는 반갑게 인사하는 그 아이를 차마 모른 척할 수 없어 어정쩡한 자세로 손을 흔들어 주었다. 아이들이 쳐다보았다. 모두 알고 있다. 학교에서 너무나 유명한 그 아이는 박경미로 나와 이름이 똑같을 뿐만 아니라 같은 반이다.

3학년이 되면서 줄곧 맨 뒷줄 끝, 복도와 가장 가까운 자리에 앉았다. 담임 선생님의 지시로 오는 순서대로 아무 데나 앉을 수 있었지만 나는 늘 그 자리에 앉았다. 그곳이 내 자리로 정해지자 나에게로 오는 다른 반 아이들과 후배들의 쪽지와 편지, 초콜릿 등의 선물들이 자연스럽게 그곳에 놓였다. 결국 다른 자리로 움직일 수 없었고 다른 아이들도 그 자리에 앉지 않았다.

3학년이 되자 다른 반 아이들뿐만 아니라 후배들까지 따라다니기 시작했다. 물론 나뿐만 아니라 운동부 대부분에게 그랬다. 여학교라 그런지 남자다운 운동부 아이들을 마치 인기 스타처럼 쫓아다니며 좋아했다. 아이들은 우리 몰래 사진을 찍기도 하고, 지나갈 때마다 요란스럽게 소리를 지르며 편지와 선물을 주곤 했다.

한동안 나는 내 옆에 누가 앉는지 신경 쓰지 않았다. 그러다 어느 날부터 한 아이가 계속 내 옆자리에 앉는다는 것을 알게 되었다. 그 아이는 나와 이름이 같은 박경미였다. 학기 초에 이름이 같은 아이가 있다는 것을 알게 되었지만 쉬는 시간과 점심시간에 늘 육상부 아이들이 있는 반으로 갔기에 아이들과 친하지 않았다. 그래서 그 아이가 우리와 조금 다르다는 것을 몰랐다. 사실 조금이라도 눈여겨보았더라면 바로 눈치챌 수 있었다.

"경미야, 이거 내가 아무도 못 가져가게 지켠(지켰어)."

어느 날 교실에 도착하자 그 아이는 내 책상 서랍에서 초콜릿과 편지를 빼내며 보여 주었다.

"어, 그래."

나는 신경 쓰지 않고 대답했다. 다른 아이들의 편지나 초콜릿 따위에 관심이 없었다.

"흐흐흐, 경헌디 나 이거 먹으면 안 돼?"

그 아이는 벌써 베어 먹은 초콜릿을 흔들며 물었다.

"그래, 다 먹어."

나는 쳐다보지도 않고 건성으로 대답했다. 그 아이는 어찌나 먹성이 좋았는지 내 책상에 있는 사탕이나 초콜릿은 모두 먹었다. 나에게 편지와 쪽지만을 전해 주고 먹을 것을 모두 챙겼다. 아마 그것을 자신이 한 일에 대한 정당한 대가라고 생각하는 것 같았다. 그렇게 그 아이는 늘 내 옆에 앉았다. 하루는 다른 아이에게 어떻게 그 아이가 계속 내 옆자리에 앉는지 물었더니 날마다 가장 먼저 등교한다고 알려 주었다. 처음에 몇 번 다른 아이가 그 자리에 앉았는데 일어나라고 떼를 쓰는 바람에 내 옆자리는 그 아이의 자리로 고정되었다고 한다.

그 얘기를 듣고 난 뒤 유심히 그 아이를 살펴보았다. 살집이 많이 올라 뚱뚱한 그 아이는 키와 몸집이 무척 컸다. 마치 고등학생 같았다. 엉덩이에 걸린 체육복 바지는 늘 바닥에 질질 끌렸다. 교복 치마가 싫은지, 아니면 커다란 덩치에 어울리지 않는다고 생각하는지 언제나 체육복 바지를 입었다. 선생님들도 뭐라고 하지 않았다. 그 아이는 수업 시간 내내 방실방실 웃었다. 공책에 아무것도 적지 않았고, 선생님의 말을 알아듣지도 못했다. 그 아이는 수업에 참여하지 않고, 그냥 교실에 앉아 웃고 있었다. 지적 장애를 가진 아이였다. 하지만 생활에는 전혀 문제가 없었다. 그래서 아이들은 티 나게 왕따 시키진 않았지만 확실히 선을 두곤 했다.

시간이 흐를수록 그 아이와 이름이 같다는 것이 창피했다. 예쁘고 공부도 잘하는 아이와 이름이 같았으면 좋았을 텐데……. 그런 생각 때문인지 그 아이가 점점 싫어졌다. 말을 걸어도 아주

짧게 건성으로 대답하거나 피했다. 그 아이를 피해 자리를 옮길
까 생각도 해 보았지만 그것까지는 귀찮아 그만두었다. 나 역시
다른 아이와 마찬가지로 그 아이에게 경계를 만들고 있었다. 하
지만 박가는 눈치채지 못했다.

"근데, 쟤 왜 박가라고 불러?"

"너랑 이름이 같으니까 박가라고 부를 수밖에 없잖아."

나와 이름이 똑같아 그렇게 부를 수밖에 없다니? 작은 경미,
큰 경미로 부를 수도 있을 텐데. 이미 그 아이는 모두에게 박가라
고 불리고 있었다. 그 아이도 그렇게 불리는 것이 싫지는 않은 모
양이다. 불릴 때마다 실실 웃으며 대답했으니. 아니 어쩌면 자신
이 누군가에게 불린다는 것만으로도 좋았는지 모르겠다. 그 뒤
나도 그 아이를 박가라고 불렀다.

박가의 이에는 고춧가루가 두 개 끼어 있다. 머리도 많이 헝
클어져 있다. 박가는 비좁은 우리 틈에 스스럼없이 끼어들며 앉
았다. 정확히 나와 미란이 옆으로, 아무도 반기지 않는데도 말이
다. 아이들은 대놓고 싫은 기색을 하며 피하듯 몸을 움직였다. 나
는 서둘러 박가를 보내고 싶었다.

"근데 너 왜 여기 있어? 늦었잖아, 얼른 집에 가."

"헤, 괜찮아. 우리 집. 여기야. 중앙로."

"뭐? 너네 집이 중앙로라고?"

아이들이 모두 기가 막힌다는 듯 박가를 쳐다보았다. 박가는 피식 웃으며 말했다.

"어, 중앙로에 살아. 쪼(저) 위에."

입구를 가리키는 걸 보니 근처에 사나 보다.

"얼른 가. 늦었어."

나는 박가의 팔을 잡아당겼다.

"싫어. 싫어, 너랑 놀다 갈 거야. 경미야, 같이 노올자!"

박가가 문어처럼 내 팔에 착 달라붙었다. 순간 짜증이 났다. 아이들 모두 인상을 썼다. 진영이 일어나며 박가를 향해 소리를 질렀다.

"야, 너 가. 네가 뭔데 우리랑 놀아. 빨리 못 가!"

진영이 마치 때리기라도 할 것처럼 팔을 올리자, 박가가 놀란 얼굴을 하고 내 옆으로 바짝 다가왔다.

"진영아, 하지 마."

연희가 서둘러 진영의 팔을 잡지 않았다면 진영은 내리쳤을

지도 모른다.

"우리가 가자. 간다, 안녕."

나는 박가에게 서둘러 인사를 하고 진영을 잡아끌었다. 우리는 지하상가를 나와 칠성통 골목으로 들어갔다. 어느새 10시가 넘어 가게들이 모두 닫혀 있었다. 집으로 가야 했지만 조금 더 돌아다니기로 했다. 밤공기가 상쾌하다. 바다와 맞닿아 있어선지 이곳까지 탑동의 바다 냄새가 풍겼다. 어떤 사람은 바다 냄새가 역하다고 할지 몰라도 바다와 가까이 사는 우리는 바다 냄새를 맡으면 안심이 되었다.

"야!"

미란이 걸음을 멈추고 우리를 불렀다.

"왜?"

"저기, 뒤에 아까 그 애가 보고 있어."

돌아보니 칠성통 골목 입구에서 박가가 우리를 보고 있었다.

"어이구, 저 귓것(귀신)이 여기까지……."

진영이 욕하며 박가에게 달려가려 했다. 나는 서둘러 진영의 팔을 잡으며 그만하라고 했다. 박가에게 욕하는 진영의 모습이 싫다. 아무것도 모르는 아이를 다그치는 어른 같아 보였다. 박가

94   **달려라, 요망지게!**

가 보고 있든지 말든지 신경 쓰지 않고 우리끼리 놀자고 했다. 우리는 소리를 지르며 칠성통 골목을 달렸다.

"야, 저걸로 탭 해 볼까?"

진영이 개업한 가게 앞에 매달린 풍선을 보며 물었다. 나는 '껑충' 뛰어 손끝으로 풍선을 건드렸다. 우리는 순서를 정했다. 가장 먼저 보미, 다음은 연희, 진영, 미란, 그리고 나 이렇게 순서대로 '탭'을 하기로 했다. 탭은 농구할 때 탭 패스를 하기 위해 연습하는 훈련이다. 탭 패스는 점프하면서 받은 볼을 착지하지 않고 공중에서 즉시 같은 팀에게 보내는 리턴 패스다. 우리는 주로 농구 골대의 백보드에다 공을 던지고 다음 사람이 공중에서 다시 잡아 던지는 식으로 훈련했는데 박자를 잇지 못해 공을 떨어뜨리면 벌칙을 주곤 했다.

"벌칙은 인디언 밥으로 하자."

"좋아!"

풍선은 농구공처럼 튕기지 않고 골대 백보드를 대신할 것도 마땅치 않아서 우리는 풍선을 이어서 치기로 했다. 박자에 맞지 않고, 늦게 풍선을 치면 벌칙을 받기로 했다. 다섯이 돌아가며 재빠르게 풍선을 쳐 댔다. 간만에 해 보는 거라 다들 들떠 있었다.

세 바퀴를 돌고 다시 보미의 차례가 되었을 때다. '펑' 소리와 함께 풍선이 터지고 뒤이어 '와장창' 소리가 울렸다. 곧이어 유리 조각들이 바닥으로 떨어지며 요란한 소리를 냈다.

'헉!'

유리창에 발 하나가 너끈히 들어갈 만큼의 커다란 구멍이 생겼다. 우리는 무슨 영문인지 몰라 어리둥절하며 바닥에 떨어진 유리 조각과 뻥 뚫린 유리창을 번갈아 쳐다보았다. 연희가 발을 쥐며 아프다고 낑낑댔다. 보미 다음으로 뛰던 연희가 풍선이 터지는 바람에 문 중간에 있는 유리창에 헛발질한 것이다.

"누구야? 거기 누구야?"

앞 골목에서 아저씨의 목소리가 들렸다. 우리는 쥐 죽은 듯 숨을 죽였다. 조금 뒤 우리 쪽으로 걸어오는 아저씨의 발소리가 들렸다.

"튀어!"

진영의 외침에 우리는 급히 뒤로 내달렸다. 놀란 눈으로 바라보는 박가를 지나 칠성통 골목을 빠져나와 횡단보도를 건널 때였다. 뒤돌아보니 절뚝거리며 따라오던 연희가 박가에게 말을 건네고 있었다. 나는 연희를 부축하려고 다시 돌아갔다.

"야, 얼른 가, 얼른 집에 가라고."

나는 연희의 어깨에 감싸며 박가에게 소리쳤다. 곧 미란이 뛰어와 함께 연희를 부축했다. 우리는 신호를 무시하고 횡단보도를 건넜다. 그러고는 아이들이 숨은 후미진 골목으로 들어갔다. 더는 아무도 쫓아오지 않았다. 놀란 가슴을 쓸며 숨을 가다듬었다. 진영이 다시 고개를 내밀고 골목을 살폈다.

"아저씨 안 쫓아와?"

나는 양말 위로 피가 번지는 연희의 발을 보며 물었다.

"어, 안 쫓아와. 가고 있어. 근데, 가이(개) 데리고 간다. 아저씨가 가이 막 끌고 가멘."

"뭐?"

"아악! 제발 내, 내 발 좀 건들지 마."

연희가 발을 쥐며 아프다고 울먹거렸다. 내가 일어서다 그만 연희의 발을 건드린 모양이다.

"미안, 미안!"

고개를 빼고 골목길을 바라보았다. 진영의 말대로 아저씨가 박가의 머리를 툭툭 치며 어디론가 데려가고 있었다.

"어떡해, 어떡해? 아이 씨! 집에 가래니까."

나는 발을 동동 구르며 신경질을 냈다. 그제야 아이들도 고개를 빼 들고 쳐다보았다.

"뭘 어떡해? 할 수 없지. 그냥 가자."

미란은 집에나 가자며 자리에서 일어섰다. 아이들도 따라 주섬주섬 일어섰다.

"그래도, 우리 때문에 잡혔잖아……."

다시 골목길을 살펴보았다. 벌써 박가와 아저씨는 칠성통 골목을 빠져나가고 없었다.

"어디로 간 거야? 대체 어디로 데려간 거야?"

나는 모퉁이에서 튕겨 나와 칠성통으로 달렸다. 나를 부르는 아이들의 소리가 들렸지만 멈추지 않았다. 박가를 찾아야 했다.

박가의 낡은 체육복 바지가 떠올랐다. 언제나 낡은 체육복 바지를 입고 다니는 박가. 낡은 체육복 바지와 커다란 얼굴은 설문대할망과 닮았다. 옷이 없어 제주 사람들에게 옷을 만들어 달라고 했던 설문대할망. 어찌나 몸이 컸던지 제주 사람들이 명주를 모두 내놓아도 한 통의 명주가 모자라 끝내 완성된 옷을 입을 수 없었던 설문대할망이 자꾸만 떠올랐다. 박가는 덩치만 컸지 어리석게 물장오리에 빠져 죽은 설문대할망과 닮았다.

"박가, 박가, 박가……."

뛰면서 박가의 이름을 되불렀다. 바보같이, 집에 돌아가지 않고 잡혀간 것은 모두 박가의 탓이다. 모든 것이 다 바보 같은 박가 때문이다. 전부.

예선전이 끝난 뒤, 선생님은 우리를 데리고 사라봉으로 갔다. 설마 사라봉에서 훈련할 리가 없다고 생각했지만 우리의 기대는 여지없이 깨졌다.

학교에서 사라봉까지 빠른 조깅으로도 족히 20분은 걸린다. 그곳까지 뛰어가는 동안 민소매와 짧은 반바지를 입은 우리의 행렬은 사람들의 시선을 끌 만했고, 차창 밖으로 힐끗힐끗 내다보는 아저씨들의 느끼한 시선은 한여름의 습기처럼 습습했다. 진영은 만약 계속 달려야 하는 상황이 아니었다면 가는 차를 세우고 '뭘 봄수꽈(보세요)?'라고 쏘아붙였을 것이다.

사라봉에 도착한 우리는 정수장 옆 공터에서 스트레칭을 했다. 공터는 바다가 훤히 내려다보이는 넓은 잔디밭으로 영등할망께 굿하는 굿터다. 입구에는 굿터임을 알리는 비석이 있고, 바다를 내다볼 수 있는 잔디밭의 끝자락에는 제사상을 차릴 수 있도록 세 개의 편편한 돌과 영등할망, 용왕, 할망과 하르방 비석이 나란히 한 줄로 세워져 있다. 우리는 굿터에 들어섰다는 것과 그곳에서 팔과 다리를 꼬는 기이한 스트레칭을 하는 것이 모두 껄끄러웠지만 선생님은 조금도 신경 쓰지 않았다.

선생님은 제주 사람이 아니라서 모르는 거다. 영등할망은 고기잡이 어부들이나 해녀들에게는 항해의 안전을 지켜 주는 수호신으로 해산물의 풍요를 가져온다. 제주도 사람들은 바다에서 자신들을 지켜 주는 영등할망에게 은혜를 갚고자 해마다 음력 2월 초하루부터 보름까지 영등굿을 지낸다. 영등굿을 하는 동안에는 결혼식을 하지 않아야 하고 제사나 장례가 있으면 영등의 몫으로 밥 한 그릇을 마련해야 했다. 그래야 영등할망이 노하지 않는다. 더욱 신기한 것은 이때가 되면 바다의 보말(고둥) 속이 텅텅 비어 껍데기만 남아 있다. 영등할망이 다 먹었기 때문이다. 이런 영등할망께 종합 우승을 빌어도 될까 말까 하는 판에 그곳에서 체조를 하고 있다니.

사라봉 훈련은 우리가 예상했던 것보다 더 많이 힘들었다. 얼마나 힘든지 사라봉 소리만 들려도 치가 떨릴 정도다. 차라리 민소매에 짧은 반바지를 입고 도로를 뛰는 창피함을 더 당하더라

달려라, 요망지게!

도 지독한 사라봉 훈련과 맞바꾸고 싶었다.

선생님은 사라봉 정상까지 세 구간으로 나누어 빠르게, 중간, 느리게 속도를 바꿔 가며 뛰도록 했다. 언덕을 달리는 것은 평지를 달릴 때보다 몇 배나 더 힘들었다. 처음에는 선생님이 선두에서 달렸기에 눈치를 보며 뒤로 빠질 수 있었다. 그런데 선생님이 제한시간을 두어 늦게 들어오면 다시 뛰는 벌을 주었다. 그래서 할 수 없이 어미를 쫓아다니는 새끼 오리처럼 선생님 뒤를 졸졸 따라 빨리 뛸 수밖에 없게 되었다. 덩치가 크고 느린 연희는 훈련이 끝난 후 늘 바닥에 뻗곤 했다.

우리의 사라봉 훈련은 노을이 내려앉은 도로를 차들과 함께 달려 다시 학교로 돌아오는 것으로 끝났다. 학교로 돌아와 스트레칭을 마치면 한여름의 긴 낮도 저물었다.

초여름 동안 이 끔찍한 사라봉 훈련은 매일 반복됐다. 많은 비가 하룻밤에 대나무를 수 미터 자라게 하듯 혹독한 사라봉 훈련은 누구나 알 수 있을 만큼 우리의 실력을 크게 향상시켰다. 더구나 보미에게는 더할 나위 없는 좋은 훈련이었다. 하지만 우리는 봄부터 시작된 지독한 훈련에 조금씩 지쳐 갔다. 휘어질 만큼 휘어진 활처럼 금방이라도 튕겨 나갈 때만 기다리고 있었다.

7

보미, 서울로 가다

"정말, 선생님이 안 온대?"

처음이다. 선생님이 다른 일로 훈련에서 빠지게 된 것이다. 물론 훈련 자체가 없어지지는 않았다.

"그래, 그냥 우리끼리 가는 거야."

미란이 이 대단한 일을 건조하게 대꾸했다. 사라봉을 뛰어가는 동안 아이들은 들떠 제정신이 아니었다. 뛰는 동안 내내 수다를 떨며 얼른 사라봉에 도착하기를 기다렸다.

당연히 우리는 훈련을 하지 않았다. 사라봉까지 간 우리는 다른 아이들과 2시간 뒤 다시 만나기로 약속하고 뿔뿔이 흩어졌

달려라, 요망지게!

다. 우리가 이런 좋은 기회를 놓칠 리가 없으니 미란도 어쩔 수 없었다. 더군다나 앞으로 이런 기회가 올 리 없다는 것을 너무 잘 알고 있다. 만약 오늘까지 미란이 훈련을 하자고 했다면 아마 모두 미란을 따돌렸을 것이다. 아이들은 대부분 그늘에 앉아 쉬거나, 그리 멀지 않은 만덕할망 기념관을 구경하러 갔다. 만덕할망 기념관은 초가집으로 지어진 여러 채의 건물로 이뤄졌다. 우리는 건물을 오가며 만덕할망의 일대기를 살펴보았다. 만덕할망은 조선 시대 정조 때 살았던 실존 인물이다. 기생이었던 만덕은 객주 일을 시작해서 큰돈을 벌었고, 제주에 지독한 흉년이 들었을 때 제주 사람들을 살리기 위해 식량을 나눠 줬다. 이 얘기가 정조 귀에 들어가서 제주도 여자들은 육지로 절대 나갈 수 없었던 그 시절, 궁궐뿐만 아니라 금강산까지 유람했다. 지금은 비행기를 타면 1시간에 육지 어디든 갈 수 있는데 제주도 여자들이 육지로 나갈 수 없었던 시절이 있었다는 게 믿기지 않았다.

우리는 별도봉의 자살터에 가 보기로 했다. 별도봉은 사라봉 바로 옆에 붙은 봉이다. 별도봉 꼭대기에는 우뚝 솟은 바위가 두 개가 있는데 자살터로 이름난 곳이다. 우리가 그곳을 가려는 이유는 진영이 얘기한 자살터 표지판 때문이다.

자살을 결심한 한 젊은이가 있었다고 한다. 그는 별도봉 자살터에서 자살을 할 생각으로 별도봉에 올랐는데, 다 오르고 나니 힘겹게 오른 생각에 죽고 싶은 마음이 싹 가셨다고 한다. 그런데 그곳에 다시 생각해 보라는 표지판이 있고 그 청년은 그 표지판을 보고 다시 생각해 살려는 마음을 바꾸고 자살을 했다는 이야기다. 진영은 이 얘기가 실화라며 고집을 피웠다. 우리는 그런 내용의 표지판이 있을 리 없다고 했지만 진영은 끝까지 사실이라고 우겼다. 그래서 그것을 확인해 보자고 했다.

"나는 여기서 쉴게."

보미가 가지 않겠다며 일어나지 않았다.

"엥? 무사?"

"그냥 가자. 가 보게."

나와 연희가 졸랐지만 보미는 막무가내로 싫다고 고개를 저었다. 보미의 행동이 조금 이상했지만 우리는 어쩔 수 없이 보미를 뺀 채 별도봉 꼭대기로 향했다. 늘 함께 다녀서인지 누군가 이유 없이 빠지면 무슨 일이든 시들해졌다. 아무리 재밌는 일이라도 순식간에 거품이 빠진 콜라처럼 되고 만다.

별도봉은 그리 높지 않다. 한눈에 올라가는 길이 다 보일 정도다. 우리는 좁은 길을 두 줄로 걸었다. 길에는 손에 닿기만 해도 벨 듯 날카로운 억새잎들이 무성하다.

"가을에 여기 억새로 죽이겠다. 그치?"

연희가 고개를 끄덕였다. 나는 바람이 부는 사이로 은빛 갈치처럼 퍼덕거리는 억새를 떠올렸다. 가을에는 시원할 것이다. 하지만 지금은 익을 것만 같다. 그늘을 만드는 나무가 하나도 보이지 않았다. 뜨겁게 내리쬐는 햇살을 가려 줄 모자도 없었기에 잘못 올라왔다는 생각마저 들었다. 보미처럼 나무 그늘에서 낮잠이나 잘 것을. 우리는 중간 지점에서 잠깐 쉬고 다시 올라갔다.

20분을 더 오르자 두 개의 바위가 보였다. 바위 위가 자살터지만 그곳까지는 올라갈 수 없었다. 너무 가파르고 위험해 보였다. 여기서 보니 왜 이곳에서 자살하는지 알 수 있을 것 같다. 뛰어내리는 것이 아니라 날아오른다고 다들 착각했을 것이다. 세상이 하늘로 펼쳐진 느낌이다. 날개만 있다면 뛰어내리고 싶었다.

"야, 이서? 아무리 봐도 없지? 그런 표지판 있을 리 없지?"

나는 주변을 둘러보고 진영에게 물었다. 있을 리가 없다.

"저 위에 있다니까, 올라가 봐야 알지."

진영은 바위 꼭대기로 올라가서 확인하자고 했다. 그 좁은 바위 꼭대기에 표지판 따위는 있을 리 없었다.

"미쳤냐? 싫어."

모두 고개를 저었다. 자살터 꼭대기까지 올라가자니. 올라가면 바로 떨어질 것 같았지만 진영은 올라가겠다고 떼를 썼다. 결국 우리는 낑낑대며 올라가는 진영의 엉덩이를 밀어 주었다. 진영은 발을 바위 중간 틈에 걸치고는 바위 끝까지 올라갔다. 그러고는 바위에서 벌떡 일어섰다.

불어오는 바람결에 진영이 금방이라도 아래로 떨어질 것만 같다. 순간 심장이 덜컹 내려앉았다. 진영이 마치 자살할 사람처럼 몸을 앞으로 숙였다.

"야, 그만 내려와."

나는 놀라 소리를 질렀다. 미란과 연희가 바위 중간 틈으로 올라갔다. 결국 미란과 연희는 진영의 발과 다리를 붙잡고 아래로 내려왔다.

"이서서(있었어). 내 옆에 조그만 표지판 이서서."

"뻥치네. 거짓말이지?"

진영은 별도봉을 내려오는 내내 표지판이 바위에 있다고 우겼다. 우리는 진영의 말을 믿지 않았으나 바위 끝까지 올라간 진영의 대담함에 두 손을 들고 말았다.

올라갈 때는 그렇게 힘들더니 내려가는 길이 무척 짧게 느껴졌다. 자살을 생각하며 올라가는 길은 힘들지만 자살을 하지 않고 내려오면 힘들던 그 길이 무척 짧고 쉽게 느껴질까? 왠지 그럴 것만 같았다. 죽을 것처럼 힘든 일도, 생각을 달리하면 아무 일도 아닌 것이 될 것만 같았다.

"야, 누가 빨리 내려가나 내기하자!"

"그래."

우리가 대답하자마자 진영이 "준비, 땅" 하고 먼저 뛰었다.

"야아! ……나쁜 것, 지 먼저 출발하고!"

중간쯤 내려왔을 때였다. 나는 뛰기를 멈추고 멀리 사라봉을 바라보았다. 산길을 뛰는 보미의 모습이 보였다. 보미는 혼자 사라봉 훈련을 하고 있었다.

'외로운 마라토너.'

보미는 힘든 훈련을 홀로 이겨 내는 외로운 마라토너처럼 보였다. 아이들한테 차마 말할 수 없지만 오늘 훈련을 하지 않은 것에 불만이 있었는지 모른다. 보미는 요새 무슨 일인지 무척 긴장되어 보였다. 나는 혼자 힘든 산길을 뛰는 보미가 안쓰럽기도 했지만 한편으로 부럽기도 했다. 선생님의 강요가 아니라 스스로 뛰는 보미가 멋져 보였다.

훈련이 끝나자 집으로 돌아왔다. 그런데 아빠가 내려와 있었다. 할머니와 아빠는 심각한 얼굴로 이야기를 나누고 있었다. 할머니의 얼굴이 어두웠기에 한눈에 좋지 않은 일이라 짐작했다.

"인사부터 해야지."

들어서는 나를 보며 할머니가 말했다. 나는 아빠의 눈치를 보며 어색하게 고개를 숙였다. 아빠는 점점 더 젊어졌다. 깔끔하게 차려입은 아빠의 모습이 익숙지 않고 낯설다.

"그렇게 하세요. 그래야 저희가 편해요. 이제 그 사람 애도 낳을 거고, 그럼 어머니 손이 필요해요."

"무슨 말이야? 할머니, 아빠가 지금 무슨 말을 하는 거야?"

눈치를 살피던 내가 다그치자 아빠가 대답했다.

"서울로 가자니까 할머니가 자꾸 고집을 부리신다."

무슨 말인지 알아들을 수 없다.

"서울로 간다고요? 왜요?"

"왜긴, 이제 같이 살자는 거지. 식구들이 이렇게 뿔뿔이 살아서야 쓰겠냐?"

같이 살자는 아빠의 말에 화가 치밀었다. 나는 할머니에게 물었다.

"같이 살자면서 왜 우리가 올라가야 해? 아빠가 내려오면 되잖아. 할머니랑 나는 여기서 아빠 기다렸는데, 그때는 안 내려오더니. 이제 와서 식구라고 함께 살자고, 그 젊은 여자랑 식구라고 함께 살자고?"

물론 아빠와 같이 살고 싶다. 하지만 아빠가 밉다. 나와 할머니 생각은 조금도 하지 않는다. 이제 와서, 새 식구가 생기니까 다 함께 살자니…….

"경미야, 그만해라. 아빠는 너 생각해서 그러는 건데."

"나를 생각해서 그런다고? 나 이제 한 학기만 지나면 졸업해. 어떻게 지금 올라가자는 말을 할 수 있어?"

"너 지금 그게 무슨 말대꾸야. 누가 어른한테 그렇게 말해?"

아빠가 내 말을 자르며 호통쳤다. 순간 움찔했다. 아빠가 무섭고 두렵다. 하지만 지금은 갈 수 없다. 가고 싶지 않다. 눈물이 흘렀다. 아빠에 대한 미움과 원망이 쏟아졌다. 아기처럼 펑펑 소리 내 울고 싶지만 간신히 입술을 깨물고 버텼다. 진영처럼 실컷 비아냥거리고 싶었지만 그것도 할 수 없다.

"아빠는 그 여자랑 그냥 살라 그래. 나는 할머니랑 여기서 살 거야."

나는 독기 어린 눈을 하며 할머니에게 또박또박 말했다. 아빠가 그곳에 있지 않은 것처럼.

이튿날, 아빠는 나와 할머니를 데리고 레스토랑 비경으로 향했다. 끝까지 가지 않겠다고 고집을 피웠지만 끝내 할머니의 손에 이끌려 따라나섰다. 아빠는 나와 한 약속을 잊지 않았다. 아빠가 약속을 기억하고 있다는 것이 기쁜 일인데도 지금은 슬픈 일처럼 느껴진다. 이런 기분으로 비경에 가고 싶지 않다. 눈물이 날 것 같다. 어제 내가 했던 말들이, 아빠를 아프게 했던 말들이 생생히 떠올랐다. 아빠는 저만치 앞서 걷고 있다. 파도가 밀려와 멀어진 나와 아빠와의 거리를 가깝게 해 주기를 바랐다. 비경을 다녀오고 그날 저녁 아빠는 서울로 올라갔다.

여름 방학식 날, 보미가 입을 열었다.

"나, 서울 가."

"뭐? 무슨 말이야?"

머리를 세게 얻어맞은 느낌이다.

보미는 서울에 있는 고등학교에서 스카우트 제의가 들어와 방학 동안 그곳에서 훈련하기로 했다고 한다.

"웃긴다. 무사 진작 말하지 않았냐?"

진영이 기분 나빠하며 화냈다. 나 역시 배신당한 느낌이다. 모두 그럴 것이다.

"뭐가 웃겨? 그럼 내가 날마다 너희랑 놀아야 해?"

"뭐어? 너 뭐라고 했어?"

진영이 날카롭게 쏘아붙였다.

"너는 남 잘되는 게 그렇게 샘나냐? 너 언제 제대로 운동한 적 있어? 만날 땡땡이칠 생각만 하고, 남자 친구나 만나고 다니면서."

"뭐? 네가 뭘 안다고……."

갑자기 진영이 보미에게 달려들어 보미의 어깨를 거칠게 밀었다.

"너 진짜……."

보미도 지지 않고 진영의 몸을 밀었다.

"야아!"

우리는 매트에서 발딱 일어나 진영의 팔과 허리를 잡았다. 보미와 진영은 씩씩대며 서로 노려보았다.

"뭘 그렇게 흥분햄샤? 진영이 원래 경 하는 거 알면서."

연희가 섭섭한 투로 진영을 편들자, 보미가 기분 나쁘다는 듯 연희를 쳐다보았다.

"그래. 너도 좀 일찍 알려 줘도 좋잖아."

나도 거들었다. 미리 얘기하지 않은 보미가 조금 얄미웠다.

"그럼 뭐가 달라지는데? 너희가 언제부터 운동에 관심 있었어? 너흰 고등학교 가면 운동 관둘 거잖아?"

맞다. 우리는 모두 운동을 하지 않을 거다. 울먹거리던 보미가 뛰쳐나갔다.

"놔!"

진영이 팔을 빼며 짜증을 냈다. 우리는 바람 빠진 풍선처럼 힘없이 서 있었다.

이런 기분을 뭐라고 해야 할지 모르겠다. 나는 이 아이들 때문에 서울로 가지 않겠다고 했는데 보미는 서울로 올라간다고 한다. 뭐가 뭔지 모르겠다.

우리는 방학 동안 학교에서 합숙 훈련하기로 결정되어 있다.

당연히 보미도 함께하리라 생각했다. 그렇게 굴뚝같이 믿었는데. 우리가 아쉬운 것은 8월 한 달 보미와 함께할 수 없다는 것이다. 처음이자 마지막인 중학교 합숙 훈련을.

보미가 생각하는 것처럼 아무도 보미가 잘되는 것을 배 아파 하지 않는다. 물론 서울로 간다는 보미의 말에 조금의 질투가 있었을지는 모른다. 우리는 누구보다 보미가 훌륭한 마라토너가 되기를 바라고 있다. 적어도 보미가 미리 알려 주었다면 우리는 기쁘게 보내 주었을 것이다. 보미가 왜 그렇게 예민하게 반응했는지 알 수 없다. 비밀처럼 꼭꼭 숨긴 이유도 말이다.

방학이 시작하자마자 보미는 서울로 올라갔고, 우리의 합숙 훈련도 그대로 시작됐다. 4주간의 합숙 훈련 동안 생활은 학교 건물 맨 꼭대기인 1학년 1반 교실에서 이루어졌다. 책상과 의자를 모두 치운 교실에서 운동부 전원이 함께 생활하고, 씻는 것은 화장실 내에 있는 샤워실에서 하기로 했다. 처음 해 보는 합숙 훈련이라 다소 설레고 긴장됐다. 수학여행을 빼고 우리끼리 밤새 놀아 본 적이 없었다. 노는 것이 낮과 밤이 뭐가 다르겠냐고 묻겠지만 분명한 차이가 있다. 밤에 노는 것은 위험한 모험을 하지 않더라도 낮과는 달랐다. 밤이 주는 신비함이 더해졌다. 그래서 이불 속에서 수다를 떠는 것만으로도 신났다.

"네에? 하루에 세 번요?"

우리 귀를 의심했다. 그래서 다시 선생님의 얼굴을 살폈다. 농담할 리 없지만 그래도 선생님이 장난스럽게 웃으며 '농담'이라고 말할 것만 같았다.

"아침 5시에 기상. 모두 늦지 말고, 5시 20분까지 운동장으로 집합한다. 이상."

"……네에."

대답인지 질문인지 알 수 없는 소리가 흘러나왔다. 세 번이라니? 말이 세 번이지 적어도 2시간씩 새벽 운동, 오후 운동, 저녁 운동을 하고 나면 총 6시간, 거기다 오전에는 3시간 동안 보충수업을 받아야 했고, 씻고, 밥 먹고, 대체 놀 시간은 어디에 있는 걸까?

"너무한 거 아니? 우리가 무신 서커스 원숭이냐? 먹고, 운동만 하게."

"맞아, 이건 너무해."

"어떻게 하루에 세 번씩 운동하냐고?"

아이들이 미란에게 한마디씩 불평을 터트렸다. 주장인 미란이 어떻게든 해 보라는 압력이었다.

"그렇게 불만이면 선생님 앞에서 얘기해."

미란은 못 박았다. 역시 미란답다. 처음부터 미란에게는 기대도 하지 않았다. 혹시 선생님이 일어나지 못해 새벽 운동이 없어지면 모를까! 하지만 선생님이 그럴 리가 없다.

9시가 되자 선생님이 불을 끄려고 올라왔다. 9시에 자는 것이 말도 안 됐지만 새벽 운동 때문에 일찍 잠자리에 들어야 했다. 커튼을 쳤지만 가로등 불빛으로 교실이 환하다. 좀처럼 잠이 오지 않는다. 합숙 훈련 첫날이 이렇게 시작될지는 아무도 예상하지 못했다. 더군다나 새벽 5시에 일어나야 한다니.

"연희야, 자?"

"아니! 어떵 이 시간에 잠이 오냐?"

연희가 속닥거리자, 아이들이 떠들기 시작했다. 어디까지 수다를 떨다 잠들었는지 기억나지 않는다. 우리는 기상을 외치며 일어나라는 선생님의 우렁찬 목소리에 잠에서 깼다. '탁탁탁' 소리가 들리더니 전등이 환하게 켜졌다. 나는 이불 속으로 재빨리 파고들었다. 부드러운 이불의 감촉이 일어나지 말라는 달콤

한 유혹처럼 느껴진다. 아이들이 하나둘씩 자리에서 일어나는 소리가 들렸다. 5시, 새벽 운동이 아니라면 절대 일어날 일이 없는 시각이다.

"20분 후에 운동장 집결!"

선생님은 우리가 일어나는 것에는 신경 쓰지 않고 그 말만 하고 쿵쾅거리며 다시 계단을 내려갔다.

"얼른 일어나."

연희가 이불을 빼앗으며 나를 흔들었다.

새벽 운동-아침 식사-보충 수업-점심 식사-오후 운동-2시간 휴식-저녁 운동-저녁 식사-취침. 우리의 하루 일정표다. 운동 시간만 하루 6시간이다. 늦잠-보충 수업-점심 식사-휴식-오후 운동-저녁 식사-휴식-취침. 우리는 이렇게 하루에 2시간 운동 시간을 잡았는데.

선생님은 일주일 동안 하루도 빠짐없이 5시가 되면 4층으로 올라와 우리의 충실한 자명종이 되었다. 결국 우리는 여름 땡볕 열기 속에서 기름 같은 땀을 줄줄 흘렸고, 저녁 9시만 되면 시동이 꺼진 자동차처럼 쓰러졌다. 나중에는 소등과 점등을 하러 올라오는 선생님의 커다란 발소리에 깨고 잠들 정도였다.

이렇게 적응하는 내가 싫다. 진영은 군소리를 할 만도 했지만 요새 훈련도 하는 둥 마는 둥 정신이 딴 곳에 가 있었다. 모두 밤늦은 시간의 수다를 잊은 지 오래였다. 훈련과 식사를 반복하며 우리는 매점과 운동장, 강당을 회전하는 회전목마처럼 계속 돌았다. 그나마 다행인 것은 토요일 새벽 운동 후 각자의 집에서 주말을 보낼 수 있다는 것이었다. 주말까지 합숙했다면 탈주범처럼 어떠한 방법이라도 찾아서 탈출을 시도했을 것이다. 가끔 보미가 어떻게 지내는지 궁금하기도 했지만 훈련이 너무 고돼 우리는 보미에게 연락할 새가 없었다. 선생님 말에 따르면 보미의 고등학교가 결정된 것은 아니라고 한다. 이번 방학 훈련 후 테스트하고 나서 결정된다고 했다. 만약 잘된다면 2학기에 바로 서울 중학교로 올라가 고등학교에서 연습할 수도 있다고 했다. 그래서였을까? 아무것도 결정된 것이 없었기에 더욱 우리에게 말할 수 없었을까. 우리는 당연히 보미가 서울에 있는 고등학교로 그냥 진학하리라 생각했다. 테스트가 있으리라고 생각지 못했다. 나는 보미가 테스트에 합격해 꼭 서울의 고등학교에 진학할 수 있기를 빌었다. 하지만 2학기에 바로 서울로 올라간다면……, 그렇게 빨리 헤어진다면 너무 섭섭할 것 같다.

8
아모르파티

8월이 되자 더위 때문에 오후 훈련은 강당에서 진행되었다. 우리는 강당에 들어서자 습관적으로 준비 운동 대형인 원형을 만들었다.

"자, 오늘부터는 준비 운동으로 스트레칭 대신 댄스를 한다."

'엥? 댄스라고?'

아이들은 눈을 동그랗게 뜨고 서로 쳐다보았다. 설마 선생님이 댄스를 가르치겠다고? 생각만 해도 피식 웃음이 났다. 우리의 기대와 달리 댄스 선생님이 곧 체육관 안으로 들어왔다. 댄스 선생님은 진 선생님과 인사를 나눈 뒤 우리에게 간단히 자기소개를

달려라, 요망지게!

했다. 댄스 선생님은 진 선생님의 학교 후배로, 선생님이 우리에게 댄스를 가르쳐 달라고 간곡히 부탁해서 오게 되었다며 환하게 웃었다.

"이건 뭔 일?"

진영이 황당한 표정을 짓자, 우리는 '선생님 애인이 아니냐?', '사심이 가득한 것 같다'며 속삭였다.

"조용! 자, 바로 시작할 거니까 선생님 보이도록 지그재그 횡렬!"

우리는 황급히 줄을 세우는 진 선생님의 지시에 맞춰 우왕좌왕했다. 그러면서도 BTS, EXO, SF9, 블랙핑크 등 인기 아이돌 그룹의 노래가 흘러나오지 않을까 대화를 주고받으며 흥분했다. 그 사이 음악이 흘러나왔다. 트로트 음악이었는데 익숙한 리듬감이었지만 노래 제목과 가수 이름을 알 수 없었다.

"자, 다 같이 따라 하세요. 하나, 둘, 셋, 넷……."

댄스 선생님은 흥겨운 리듬에 맞춰 다리를 왔다 가며 하며 팔을 크게 좌우로 흔들었다. 그건 아이돌이 추는 어려운 댄스가 아니라 동네 아주머니들도 한 번 보고 따라 할 수 있는 쉬운 에어로빅이었다.

"에~!"

"우~!"

우리는 실망했다는 몸짓과 소리로 야유를 보냈지만, 옆에서 진 선생님이 따라 하며 우릴 노려보고 있어 움찔했다. 아이들은 눈으로 댄스 선생님을 쫓으며 바쁘게 몸을 움직였다. 나는 '풉!' 소리와 함께 터지는 웃음을 참으며 어기적어기적 팔다리를 부자연스럽게 움직였다. 달리기 연습을 안 해서 좋긴 했지만 에어로빅은 나와 맞지 않았다. 댄스 선생님이 엉덩이를 흔들흔들, 왼쪽, 오른쪽으로 걸어가서 팔을 흔들었다. 아이들은 진 선생님과 서로를 흘끔거리며 키득거리면서도 제법 잘 따라 했다. 나는 거의 몸치나 다름없어서 자연스럽게 몸을 움직이는 아이들을 살펴보기 바빴다. 한편으로 이 창피함에서 빨리 벗어나고 싶었다. 이 곡이 끝나면 진영이 그만하겠다고 소리쳐 주기를 바랐다. 그래서 내 앞에 서 있는 진영의 이름을 몇 번이나 불렀다. 하지만 진영은 댄스 선생님의 동작을 쫓아가기 바빴다. 드디어 곡이 끝났다. 선생님은 반복되는 동작을 간단히 알려 주었다. 그사이 나는 발로 진영의 엉덩이를 살짝 건들며 진영의 이름을 불렀다. 진영이 고개를 돌리며 물었다.

"무사?"

"그만하자고 해."

나는 인상을 쓰며 댄스 선생님을 향해 턱짓했다. 에어로빅을 못 하겠다고 말하라고 진영을 부추겼다. 하지만 진영은 어깨를 슬쩍 올리고는 내 말을 이해 못 한 척했다. 곧 두 번째 곡이 흘러나오자 진영이 눈을 반짝이며 재빨리 뒤돌아섰다. 선생님을 따라 하는 진영의 얼굴에 함박웃음이 가득했다. 두 번째 노래는 귀에 익숙한 댄스 음악이었다. 댄스 선생님은 태권도의 정권지르기, 발차기, 막기 동작들로 춤췄다. 더군다나 중간에 기합까지 넣게 해서 우리는 선생님의 신호에 맞춰 '아!' 소리도 질렀다. 나와 연희를 제외하고 아이들은 대부분 운동 신경이 발달해서인지 스펀지가 물을 흡수하듯 금세 동작을 익히고 따라 했다. 30분 가까이 에어로빅을 하고 나자 온몸에 땀이 가득했다. 에어컨 바람에도 우리의 얼굴은 빨갛게 상기되어 있었다. 놀랍게도 우리 중에서 댄스를 가장 빠르게 익히고 관심을 보인 것은 바로 진영이었다. 댄스에 재능을 보인 진영은 춤을 못 추는 나와 연희에게 밤마다 특별 과외까지 해 주었다. 에어로빅의 시작은 지루한 오후 훈련에 생기를 넣어 주었다.

집에서 주말을 보낸 우리는 일요일 8시까지 다시 학교로 돌아왔고, 똑같은 시간표대로 움직였다. 하지만 훈련에 익숙해지면서 슬슬 꾀가 생겨났다. 우리는 보충 수업은 빼먹기로 했다. 오전 보충 수업 시간 동안 빈 교실에 숨어 휴대폰을 보거나 잠을 잤다. 일주일 동안 보충 수업에 들어가지 않았지만 선생님은 알아채지 못했다. 그러자 우리는 더 대담하게 훈련까지 땡땡이칠 생각을 해 냈다.

진영과 나는 연희를 꼬드겨 미란에게 알리지 않고 오후 훈련이 끝나자 학교 앞산에 숨었다. 드디어 내가 이런 일을 성큼 저지를 수 있다는 것에 흥분되고 기뻤다. 나는 진영을 닮아 가고 있었다. 조금씩 변해 가는 내 모습에 스스로 대견스러웠다. 늦은 오후라 앞산은 그렇게 무섭지 않았다. 하지만 무성하게 자란 가시덩굴 때문에 편하게 앉을 데가 없었다. 결국 우리는 돌담 뒤 무덤 곁으로 갔다. 무덤이라는 생각 때문에 기분이 으스스했지만, 가시덩굴이 없는 곳은 무덤뿐이어서 어쩔 수 없었다. 뱀이 나올까, 이상한 아저씨가 올라오면 어쩔까 봐 겁이 나기도 했지만, 진영과 연희가 함께 있으니 안심이 되었다. 돌담 사이로 운동장이 보였다. 돌담에는 찔레나무가 잔뜩 퍼져 있었다. 아무도 우리가 이곳에 숨어 있다는 것을 눈치채지 못할 것이다.

저녁 훈련 시간이 되자, 아이들이 모두 운동장으로 모였다. 선생님은 단번에 우리가 빠진 것을 알아차렸고 1학년 후배들이 다시 건물로 뛰어갔다. 얼굴은 보이지 않았지만 선생님의 당황한 모습이 머릿속에 그려졌다.

"크크, 우리 찾으러 가나 봐. 야, 선생님 얼굴 보여? 저 얼굴 봐야 하는데."

나는 선생님의 얼굴을 더 자세히 보려고 일어섰다.

"야, 앉아. 경허다 걸리면 어떡해?"

연희가 내 옷자락을 잡아당겼다.

"설마 저기에서 보이겠냐? 진짜 재밌다. 그치?"

나는 신이 났다. 진짜 말썽꾸러기가 된 것 같았다. 다시 돌아오는 아이들의 모습이 보였다. 선생님과 아이들은 잠깐 이야기를 주고받더니 운동장을 돌기 시작했다. 그 모습을 보던 나와 연희는 마주 보며 낄낄거렸다. 그런데 정작 땡땡이를 치자고 한 진영이 아무 말도 없이 무덤에 기대어 멍하니 숲만 바라보고 있었다.

"야, 왜 그래? 뭐 보냐?"

나는 진영에게 다가가 무덤에 기대 누웠다. 구름과 푸른 하늘밖에 별다른 게 보이지 않았다. 연희가 우리 앞으로 와 마주 앉았다.

"나, 있잖아. 재민 오빠하고 부산 갈까 봐."

"놀러 가게?"

연희가 물었다.

"아니, 살게. 거기서 재민 오빠하고 살게."

"뭐?"

나는 급히 몸을 일으키며 큰 소리로 되물었다. 하지만 곧 손으로 입을 막고 운동장을 힐끔거렸다. 다행히 아이들은 듣지 못했는지 스트레칭을 하고 있다.

"무슨 말이야? 부산 가서 재민 오빠하고 살겠다고?"

진영이 고개를 끄덕였다.

"미쳤어. 정말 어쩌려고?"

우리는 말도 안 된다고 진영을 말렸다. 뭘 먹고 살 거냐, 중학교 졸업은 해야 한다, 먹고사는 거 쉬운 일이 아니다 등 어느새 어른처럼 충고했다.

"야, 장난이야. 농담이라고!"

진영이 우리를 빤히 쳐다보고는 귀에 손가락을 갖다 대고 거

꾸로 돌렸다. 우리가 미쳤다고!

"뭐어? 이게 죽으려고!"

나와 연희는 진영의 팔과 등을 마구 때렸다. 농담할 게 따로 있지! 어떻게 그런 말을 막 하는지. 그런데 이상했다. 진영이 반항하지 않고 멍하니 맞고만 있었다.

'농담이 아닌 걸까?'

나는 걱정스러운 눈빛을 연희에게 보냈다. 연희도 고개를 갸웃거렸다.

시간이 지날수록 기분이 좋지 않다. 숲의 한기 때문인지, 지는 해 때문인지 으스스한 느낌이 든다. 훈련을 빼먹은 것이 후회됐다. 선생님은 화를 낼 거고, 틀림없이 벌을 줄 것이다. 연습은 왜 이렇게 오랫동안 계속되는지. 시간이 참 느리게 갔다. 훈련할 때보다 기다리는 시간이 더 힘들다. 초초해지자 야단맞을 것을 알면서도 바보같이 이런 행동을 한 게 한심스럽기까지 했다. 하지만 차마 그런 내색을 할 수 없어 진영의 눈치만 살폈다. 연희도 걱정이 되는지 안절부절못했다. 우리는 오랜 시간 운동이 끝나기를 기다리다가 아이들이 들어가는 모습을 보며 깜깜해진 앞산에서 내려왔다.

"정말 이렇게 제멋대로 할 거야? 그럴 거면 당장 짐 싸고 집에 가."

선생님이 빽 소리를 질렀다. 나는 입술을 꼭 물었다. 잘못했다는 말도, 죄송하다는 말도 하지 않았다. 그것은 마지막 자존심이다. 선생님은 보충 수업까지 빼먹었다는 것을 알아채고 더욱 화를 냈다. 우리만 빼먹은 것도 아닌데 나쁜 일은 꼭 같이 터진다.

"오리걸음으로 운동장 열 바퀴!"

결국 우리는 그날 밥도 먹지 못하고, 저녁 내내 오리걸음으로 운동장을 돌았다. 오리걸음 덕분에 여러 날 자는 동안 다리에 쥐가 났다. 근육이 뭉쳐 다리를 부여잡고 울기도 했다. 처음 해 본 반항 치곤 대가가 너무 컸다. 그래도 기분이 나쁘지는 않았다. 한 번쯤은 어떻게 될지 뻔히 알면서도 엇나가고 싶었다.

그날 이후로 우리는 선생님 눈에 나서 더 고된 훈련을 받았다. 선생님의 열정을 쫓아가지 못하는 것은 우리 잘못이 아니다. 왜 선생님이 욕심을 부린다는 생각은 못하는 것일까?

한때 우리는 선생님이 육상에 목매는 이유가 본인의 승진 점수를 높이려는 거라고 의심했다. 체육 선생님들이 전도 체전이나 큰 대회에 학생들을 데리고 나가서 상을 타면 지도한 교사에게도 가산점이 붙는다. 그러면 평교사에서 교감 선생님과 같은 관리급으로 더 빨리 승진할 수 있다. 우린 가산점 때문에 선생님이 그렇게 열심히 가르친다고 여겼다. 그래서 진영이 선생님께 대놓고 묻기까지 했다. 그 말을 들은 선생님은 매우 황당하다는 표정을 지으며 말했다. 자신은 육상을 좋아하는 교사이고, 체육을 가르치고 운동선수를 키우는 게 체육 교사의 역할이라고. 승진을 해서 교감 선생님이나 교장 선생님이 되고 싶은 생각은 추호도 없다고 했다. 그때 우린 선생님의 말에 거짓이 없다는 것을 바로 알아차렸다. 그리고 선생님이 육상을 사랑하고, 우리가 운동선수가 되기를 바랄 뿐이라는 걸. 하지만 우리는 운동을 하고 있지만 모두 운동선수를 꿈꾸지는 않았다. 적어도 나는.

갑자기 댄스 시간에 배운 《아모르파티》 노래 가사 생각났다.

"자신에게 실망하지 마. 모든 걸 잘할 순 없어. 오늘보다 더 나은 내일이면 돼."

촌스러운 트로트라고 생각했던 이 노래에 확 꽂힐 줄 몰랐다. 《아모르파티》를 흥얼거리자 댄스 시간에 배웠던 대로 몸이 자연스럽게 움직였다.

'아모르파티'는 독일 철학자가 한 말로, 운명에 대한 사랑을 말한다고 했다. 하지만 나는 이 노래를 들으며 운명적인 사랑보다는 뭐든 꼭 잘할 필요가 없다는 가사가 더 마음에 와닿았다.

금요일 운동 시간이 한없이 느리게 흘러갔다.

"경미야, 부산 강 길에서 붕어빵 팔면 얼마 버는지 알아?"

진영은 스타팅 블록 없이 몸을 웅크리며 스타트 자세를 잡았다.

"뭐? 붕어빵 판다고?"

나도 진영을 따라 크라우칭 스타트 자세를 만들면서 기가 찬다는 듯 웃었다. 대체 진영은 무슨 생각으로 사는지 모르겠다.

"재민 오빠가 말하는데 붕어빵 장사 은근 돈 된대."

설마? 길거리에서 붕어빵 파는 일이 그렇게 돈이 될 것 같지는 않았다.

"야, 붕어빵이 아니라 한치빵 팔아야지."

내가 웃음을 터트렸다. 제주도에서는 붕어빵보다 두 배가 크고 모차렐라 치즈가 들어간 한치빵을 판다. 용머리에도 한치빵을 파는 가게가 있다.

나는 진영이 농담을 한다고 생각하고 장난쳤다. 그래서 진영의 이야기를 귀담아 듣지 않았다. 어서 빨리 내일이 되어 집으로 돌아가서 할머니에게 땡땡이쳤던 그날 일을 자랑하고 싶었다.

토요일 아침, 잠에서 일찍 깼다. 집에 가는 날이라 들떠서인지 눈이 저절로 떠졌다. 아이들은 모두 자고 있다. 다시 자려고 했지만 잠이 오지 않아 밖을 내다보려고 커튼을 살짝 들추었다. 새벽 운동장, 이제 막 떠오르는 해와 환한 가로등 불빛으로 밖이 환했다. 누군가 뛰고 있다. 선생님이다. 선생님이 우리와 달릴 때와 달리 아주 빠른 속도로 운동장을 뛰고 있다. 운동장이 야간 경기장처럼 보였다.

왜 지금 뛰는 것일까? 우리와 함께 곧 새벽 운동을 해야 하는데. 선수도 아닌 선생님이 왜 저렇게 운동을 열심히 하는 것일까? 무엇이 선생님을 저렇게 만들까……?

혼자 운동장을 뛰는 선생님을 보니 여러 생각이 들었다. 조금 뒤면 선생님은 다시 우리를 깨우러 이곳으로 올라올 것이다. 그리고 우리와 함께 새벽 운동을 시작할 테고. 육상에 대한 선생님의 열정이 부럽다. 우리에게 많은 부담을 주기도 했지만 지난번 보미를 보면서 느꼈던 것처럼 선생님이 대단하다고 생각되었다.

'나도 저런 열정을 품을 수 있는 게 있을까?'

운동장을 도는 선생님을 계속 바라보았다. 아침 햇살에 선생님의 모습이 더욱더 환해 보였다.

토요일 오후가 되자 우리는 각자의 집으로 향했다. 헤어지는 골목에서 우리는 여느 때처럼 잘 가라고 소리치며 뿔뿔이 흩어졌다.

집에 도착하니 할머니가 갑자기 늙어 보였다. 서울로 올라가는 일이 신경 쓰이는 모양이다. 차라리 화를 내며 올라가자면 마지못해 따라갈 수도 있는데 할머니는 내 눈치만 살폈다.

일요일 아침, 밥을 다 먹고 상을 치우려는데 미란으로부터 전화가 왔다. 서둘러 오라는 말에 급히 집을 나섰다.

"무슨 일이야?"

벌써 연희와 진영이 와 있었다. 내가 들어서자 진영이 재빠르게 고개를 돌렸다. 이상한 기분이 들어 진영에게 다가갔다.

"얼굴이 왜 그래?"

진영의 얼굴은 여기저기 멍들어 있었다. 왼쪽 입술도 살짝 터져 있었다. 얼굴에 손을 대려 하자 진영이 거칠게 고개를 돌렸다. 연희가 눈치를 주며 앉으라고 했다. 나는 얼떨결에 연희 곁에

달려라, 요망지게!

앉았다. 선풍기가 혼자 돌아가며 윙윙 소리를 냈다. 무슨 일인지 궁금했지만 물어볼 수 있는 분위기가 아니었다. 어색한 눈빛만 오랫동안 오갔다.

갑자기 진영이 '푹' 소리를 내며 방바닥에 널브러졌다. 우리는 휘둥그레진 눈으로 그런 진영을 살펴보았다. 보통 때 같으면 장난치는 것으로 생각했을 거다. 잠시 후 진영의 어깨가 들썩거리더니 울음소리가 새어 나왔다. 나는 귀를 쫑긋 세워 울음소리를 다시 확인했다. 틀림없다. 진영의 입에서 새어 나오는 울음소리다. 진영이 이렇게 맥없이 울다니. 화를 내고 신경질을 부린다면 모를까 진영이 운다는 게 믿기지 않는다.

"울지 마!"

연희가 진영을 일으키더니 껴안았다. 그러고는 진영의 등을 토닥거리며, 마치 엄마가 아기에게 하듯 달랬다. 진영이 버럭 화를 내며 연희를 밀어내면 어쩌나 걱정했지만 다행히 엉엉 울기만 했다. 늘 웃기만 하던 진영의 울음소리는 마치 웃음소리처럼 들렸다. 예전 진영의 웃음이 모두 울음이었던 것처럼.

방 안은 한여름의 습기로 축축했다. 한여름의 습기는 우리의 눈에서 나오는 울음과 함께 방 안을 가득 메웠다. 한참을 울던 진영이 일어서며 화장실에 가서 세수하겠다며 나가자 미란이 뒤따랐다.

"가출?"

나는 놀라 큰 소리로 되물었다. 오늘 진영이 가출했다는 것이다. 연희가 눈치를 주자 나는 소리를 내지 않고 '왜?'라고 입을 뻐금거렸다. 설마 했던 일이 벌어졌다. 연희에게 들은 이야기는 대충 이랬다.

진영은 오늘 아침 재민 오빠와 함께 부산으로 가기로 했다고 한다. 아침 배를 타려던 진영은 일찍 택시에 올랐고, 진영의 아빠는 집에 들어오지 않았다고 한다. 아저씨는 택시 운전을 했기에 아침이 되어야 일을 끝마쳤다. 그런데 하필 새벽에 집을 나선 진영이 탄 택시 운전사가 아저씨의 친구였다. 그 아저씨가 진영을 서부두에 내려 주고 바로 전화해서 알려 주었다고 한다.

'이놈의 좁은 제주도 바닥.'

좁은 제주도가 원망스럽다. 결국 집으로 들어오던 아저씨는 서부두로 쫓아가 진영을 잡았다.

"차라리 얼른 배를 탔으면 좋았을 텐데."

연희가 고개를 저었다.

"왜?"

"재민 오빠가 안 나왔댄."

"뭐?"

문제는 6시까지 나오겠다는 재민 오빠가 모습을 보이지 않았다는 거다. 아무리 전화해도 전화기는 꺼져 있었다고 한다. 진영은 벌써 떠난 배표를 잡고 대기실에서 하염없이 기다리다가 아저씨와 맞닥쳤다고 했다.

"나쁜 놈!"

순간 욕이 튀어나왔다. 심한 욕을 마구 퍼붓고 싶다. 텅 빈 대합실에서 하염없이 재민 오빠를 기다리는 불쌍한 진영의 모습이 그려졌다.

"그래서 아저씨가 때린 거야?"

연희가 고개를 끄덕였다. 그러고는 바깥 눈치를 슬그머니 보더니 다시 입을 열었다.

"경헌디 진영이 아방이 맨날 때린댄. 경핸 언니도 집 나갔댄."

문제는 진영의 아버지의 상습적인 폭력이었다. 진영이 들어오자 우리는 말을 멈추고 서둘러 자세를 고쳐 앉았다. 진영의 머리카락에서 물방울이 똑똑 떨어졌다. 미란은 수박을 가지고 뒤따라 들어왔다.

"좀 먹어."

수박을 먹으라고 했지만 진영은 건들지 않았다. 나는 수박을 집었다. 소리가 나지 않게 넘기려 했지만 잘 넘어가지 않았다. 수박의 단맛도, 시원하게 넘어가는 물도 느껴지지 않는다.

생각해 보면 진영은 자주 멍들었다. 발발거리며 자주 돌아다니다가 다친 줄 알았다. 지난번 박가 일로 아저씨가 파출소에 찾아왔을 때도 아저씨는 먼저 진영의 머리를 때렸다. 그때는 아저씨가 너무 화가 나 손찌검을 했다고 생각했다.

아무 말도 하지 않고 조용히 있는 진영을 보니 마음이 아프다. 그러면서 어떻게 늘 우스갯소리를 달고 다녔을까? 왜 우리는 그렇게 어울려 다니면서 바보같이 눈치채지 못했을까.

불안하다. 완성된 하나의 퍼즐이 조각조각으로 나뉘는 것 같다. 늘 우리라고, 함께라고 생각했는데, 진영의 일도, 서울로 가버린 보미도, 자꾸 퍼즐 조각처럼 하나씩 떨어져 나가는 것 같다.

9

진영의 바다

가장 먼저 침묵을 깬 것은 연희다.

"이제 어떵해(어떡해)?"

"어떡하긴 가서 빌어야지!"

미란이 낮은 목소리로 대꾸했다. 진영은 조는 듯 고개를 숙이고 아무런 반응이 없다. 나는 진영을 힐끔대며 나직이 물었다.

"빈다고 아저씨가 용서해 줄까?"

"같이 가야지!"

"같이 가자고?"

진영의 집으로 함께 가자는 미란의 말에 되물었다. 진영이 고개를 들고는 소용없다며 울음에 젖은 목소리로 말했다.

나는 아버지가 자식을 때릴 수 있다고 생각해 보지 못했다. 아빠도 나를 때리고 싶었던 적이 있었을까? 화가 나면 아무 말도 하지 않고 인상만 썼던 아빠의 모습이 떠올랐다. 어떻게 자식을 멍이 들도록 때릴 수가 있는지 도저히 상상할 수 없다.

우리는 땅거미가 지는 거리를 걸어 진영의 집으로 향했다. 학교로 돌아가야 할 시간이 지났지만 아무도 그 말을 꺼내지 않았다. 3층에 있는 진영의 집으로 올라가는 동안 다리에 힘이 풀려 나동그라지는 줄 알았다. 심장이 오그라든 것처럼 몸이 마구 떨렸다. 아저씨가 진영에게 그랬던 것처럼 우리에게도 폭력을 쓰지 않을까 걱정스러웠다.

미란은 진영을 가운데 세우고 방문을 열었다. 방 안에 우두커니 앉아 있던 아저씨가 매서운 눈으로 우리를 쏘아보았다. 미란이 진영의 어깨를 누르며 무릎을 꿇게 했다. 우리도 따라 무릎을 꿇었다.

"당장 나가!"

아저씨의 고함이 날아왔다. 가슴이 철렁 내려앉았다. 미란이 재빨리 말을 내뱉었다.

"아저씨, 용서해 주세요! 사실 우리가 진영이랑 놀러 가자고 했던 거예요."

미란은 진영이 가출을 한 것이 아니라 우리와 함께 부산으로 놀러 가기로 했다고 거짓말을 둘러댔다. 나는 따라나서기는 했지만 아무런 생각 없이 이곳까지 왔다. 하지만 미란은 미리 생각해 두었나 보다. 그렇지 않고서야 어떻게 저리 금세 말을 지어낼 수 있겠나? 나는 아저씨가 미란의 말을 믿을까 걱정스러웠지만 차마 아저씨의 얼굴을 쳐다볼 수 없어 고개를 숙인 채 미란의 말에 고개만 끄덕였다. '뻑뻑' 소리를 내며 피워 대는 아저씨의 담배 연기가 콧속으로 파고들어 왔다. 숨이 막힌다. 한시라도 빨리 이곳을 빠져나가고 싶다.

"돌아가라."

이게 무슨 소리인가? 나는 아저씨의 지친 목소리에 고개를 들었다. 우리에게 집으로 돌아가라는 것인지, 학교에 가라는 것인지 알 수 없다.

"학교로 돌아가."

아저씨의 말이 끝나기 무섭게 우리는 일어섰다. 처음으로 합숙 훈련이 고마웠다. 합숙 훈련이 있어서 정말 다행이다. 하지만 진영은 일어나지 않았다.

"진영아, 일어나. 가자."

연희와 미란이 진영을 일으켜 세우며 속삭였다. 그래도 진영은 고개를 숙인 채 일어서지 않았다. 나는 진영의 두 팔이 부들부들 떨리는 것을 보았다. 순간 진영이 고개를 들었다. 진영은 무서운 눈을 하고 아저씨를 노려보았다.

"왜 때려? 왜 때리느냐고? 무슨 권리로 때려!"

커다란 돌이 바다에 떨어지며 찰바당거리는 듯 요란한 소리가 울렸다.

"왜애, 왜 때리느냐고!"

우리는 놀라 진영을 잡아끌었다. 진영이 세차게 팔과 다리를 휘두르며 왜 때리느냐고 연달아 소리쳤다. 연희가 진영의 신발을 쥐고 밖으로 빠져나가자 나와 미란도 신발을 대충 신고 진영을 현관문 밖으로 밀었다. 나는 현관문을 닫으며 아저씨를 쳐다보았다. 아저씨의 눈은 허공을 보고 있었다. 진영의 눈도 허공의 보이지 않는 먼지를 보듯 그렇게 허공에 멈춰 있었다.

버스가 미끄러지듯 중앙로를 지나 동문로터리로 향했다. 우리는 아무도 먼저 말을 꺼내지 못했다. 차 안에서 이렇게 조용히 앉아 있을 수 있다니 마치 우리가 아닌 것 같다.

'왜 진영에게 이런 아픔이 있는 것일까? 왜 우리에게 이런 일이 일어나는 것일까?'

왜 때리느냐고 울부짖는 진영의 모습이 다시 떠올랐다. 어디서부터 잘못된 것인지 무엇이 잘못된 것인지 알 수 없다. 조용히 앉아 있는 진영이 마치 다른 아이 같다. 울지 않았지만 그 모습이 도리어 가슴에 멍이 들도록 우는 것처럼 느껴진다. 진영 대신 떠들어 보려고 했지만 할 말이 도무지 떠오르지 않았다.

나는 진영이 예전과 다른 모습으로 변할까 걱정되었다. 우울하고 슬픈 아이로 말이다. 이제 진영의 꿈이 왜 현모양처였는지 알 것 같다. 실컷 비웃었던 진영의 꿈은 현모양처가 아닌 행복한 가정을 꾸리는 것이다. 재미있는 이야기를 실컷 떠들 수 있는 그런 집 말이다.

여름 방학이 끝나기 일주일 전, 학교 보충 수업이 끝나자 새벽 운동과 오후 운동 사이에 긴 쉬는 시간이 생겼다. 아이들은 제각각 휴대폰을 가지고 놀며 시간을 보냈다.

"아, 심심해. 야, 뭐 재미난 거 어서(일 없어)?"

"어서."

진영과 연희가 툭툭 발길질을 하며 장난을 쳤다. 그때 멀리 있던 핸드볼부 현진이 다가왔다.

"너네 우리랑 게임 할래?"

"무슨 게임?"

우린 모두 고개를 들어 현진을 보았다.

"농구공 피구 게임!"

"콜!"

진영이 벌떡 일어나며 우리에게 빨리 일어나라고 손짓했다. 연희도 좋다며 따라 일어났다.

"4:4다."

"야, 빨리 일어나. 뭐 햄샤?"

나와 미란은 숫자를 맞춰야 한다는 진영과 연희의 강요에 못 이겨 하는 수 없이 강당으로 따라갔다.

"누가 구기 종목 선수들 아니랄까 봐 피구를 무섭게 농구공 으로 하냐!"

미란이 투덜댔다. 나도 덧붙였다.

"맞으면 진짜 아픈데."

우리는 종종 농구공을 가지고 피구 비슷한 놀이를 하곤 했다. 피구는 보통 맞아도 아프지 않은 부드러운 배구공으로 하는데 워낙 다들 공을 잘 다루기 때문에 배구공으로는 게임이 시시했다. 그래서 무겁고 맞으면 더 아픈 농구공으로 대신하게 되었다. 다섯 명이 할 때는 한 명이 술래가 되어 사각형 안에 들어가고 밖에서 네 명이 던지며 술래를 맞힌다. 술래는 바쁘게 움직이고 아슬아슬한 순간이 많아 나는 술래가 되기 싫은데, 진영과 보미, 연희는 그것이 재밌다며 서로 술래를 하려고 했다.

　　하지만 핸드볼부와 하는 피구 게임은 놀이가 아니라 시합이다. 보미가 없어서 5:5가 아닌 4:4로 게임을 하게 되었는데, 이 게임은 수비와 공격을 하면서 누가 빨리 상대편을 맞추는지 겨룬다. 수비팀일 경우 어떻게든 공을 잡아서 수비와 공격을 바꾸는 게 유리하다. 진영은 핸드볼부와의 경기를 마치 한일전처럼 여겨 잔뜩 열을 올리며 우리에게 꼭 이겨야 한다고 몇 번이나 강조했다. 핸드볼부가 가위바위보에서 이겨서 우리가 먼저 코트 안으로 들어가 수비팀이 되었다. 핸드볼부 아이들이 바깥에 서서 공을 주고받았다. 모두 팔 힘이 좋아서 날아오는 농구공의 속도가 말할 수 없이 빨랐다. 우리는 휙휙 바람 가르는 소리를 내는 농구공에 집중하며 재빨리 몸을 이리저리 피했다. 보통 여자아이들 피구 게임에서 나오는 비명이나 놀람은 존재하지 않았다. 공에 맞아도 누구 하나 아파하지 않았다. 나는 누가 빨리 농구공을 낚아채 주거나 차라리 내가 먼저 맞고 나갔으면 했다. 이렇게 아슬아슬한 순간이 싫었다. 그때, 진영이 상대편으로 높게 뛰어올라서 날아가는 공을 가로챘다. 진영은 의기양양하게 농구공을 높게 들어 올리며 우리에게 자랑했다. 나는 진영의 등을 두드리며 기뻐했다. 드디어 우리가 공격할 수 있게 되었다. 우리가 코트 바깥으로 나가려는데, 연희가 내 팔을 잡아끌며 물었다.

"경미야, 저거 뭐?"

나와 아이들은 연희가 가리키는 물체를 바라보았다. 새인지 닭인지 꿩인지 알 수 없는 그것은 황금색 머리, 몸 전체의 화려한 붉은 깃과 부분적으로 보이는 파랑 깃, 그리고 꿩처럼 긴꼬리 깃을 가지고 있었다.

"금계다!"

뜨거운 더위를 피해 강당으로 들어온 것은 바로 금계였다. 불 속에서 날아올랐다 해서 금계라고 불리는 바로 전설의 새, 불사조였다. 내가 흥분해서 금계에 대해 주절이 설명하려는데, 진영은 이미 농구공을 내던지고 금계를 쫓아가고 있었다. 진영이 쫓아가자 당황한 금계는 강당 안쪽으로 날아오르다가 뛰기를 반복하며 이리저리 도망 다녔다. 아이들이 그만두라고 소리쳤건만 진영은 들리지 않는지 정신없이 금계를 잡겠다며 쫓아다녔다. 금계를 쫓는 진영과 그런 진영과 금계를 피해 달아나는 아이들, 그모습에 웃고, 소리를 지르는 아이들로 강당이 야단법석이었다. 이 소란에 진 선생님이 달려왔고, 우리는 선생님 지시대로 강당출입문들을 모두 막아서고 금계 잡기를 시작했다. 끝내 금계는 선생님이 던진 그물에 걸렸다. 진영은 헉헉거리면서도 자신이 금계를 잡지 못한 걸 아쉬워했다. 그러고는 주인을 찾아 주겠다는 선생님을 쫓아가며 잡아먹으면 안 되냐고 물었다. 우린 그런 진영을 보며 질렸다는 듯 고개를 흔들었다.

진영은 선생님을 따라 금계 주인을 찾아 나섰다. 진영의 말에 의하면 금계의 주인은 금방 발견했다고 했다. 그는 학교 옆 마당이 넓은 붉은 벽돌집 아저씨였는데, 금계가 그의 애완 닭이었다고 했다. 진영은 닭을 잃어버린 그 아저씨가 정신없이 헤매다가 닭을 보자마자 울먹이며 달려와서는 금계를 안았다며 그 모습을 우리에게 다시 보여 줬다. 그러고는 "세상에 금계가 애완 닭이라니!"라며 넋이 나간 듯 중얼거렸다. 우리는 진영이 흉내 낸 우스꽝스런 아저씨의 모습에 또다시 배꼽을 잡고 웃음을 터트렸다.

"오늘이 마지막 시간이네."

"안 돼요. 선생님. 나중에 또 가르쳐 주세요."

아이들은 고함을 지르며 선생님께 애원했다.

"어쭈, 요 녀석들 봐라. 훈련을 좀 이렇게 해 봐라."

진 선생님이 입술을 비죽이며 우리에게 소리쳤다. 댄스 훈련은 선생님의 사정으로 우리의 훈련보다 이틀 먼저 끝났다.

"자, 오늘이 마지막이니까 지금까지 배운 8곡을 다 춰 볼 거야. 혹시 선생님 대신 누가 나와서 앞에서 시범 보여 줄 수 있어?"

선샌님의 말이 끝나기 전에 진영과 현진이 동시에 손을 번쩍 들어 올렸다. 역시 진영이었다. 농구부 앞쪽에는 진영이, 핸들볼부 앞쪽에는 현진이 섰다. 우리는 음악에 맞춰 진영을 따라 춤추기 시작했다. 첫 곡은 《아모르파티》였다. 우리는 《아모르파티》부터 경쾌하고 밝은 댄스 음악, 그리고 우리가 사랑하는 BTS의 《작은 것들을 위한 시》를 떼창하며 완벽하게 춤을 마무리했다.

"세계의 평화, (No way), 거대한 질서, (No way), 그저 널 지

킬 거야, 난. (Boy with luv), Listen my my baby 나는 저 하늘을 높이 날고 있어(그때 네가 내게 줬던 두 날개로), 이제 여긴 너무 높아. 난 내 눈에 널 맞추고 싶어. Yeah you makin' me a boy with luv."

나와 연희는 진영에게 받은 특별 과외 덕분에 처음부터 끝까지 한 동작도 틀리지 않고 할 수 있었다. 내가 이렇게 춤추는 걸 좋아할지 몰랐다. 춤이라는 게 이렇게 사람을 즐겁게 만들 수 있다는 사실도 처음 알았다. 새삼스럽게 몸을 움직이는 춤과 운동이 대단한 일로 느껴졌다.

드디어 방학과 합숙 훈련이 끝났다. 선생님은 훈련의 마지막을 캠프로 계획했고, 우리는 함덕해수욕장에서 여름 방학의 끝을 맞았다.

지독한 여름이었다. 유난히 덥고 길었다. 하지만 스스로 상을 주고 싶을 만큼 다들 잘 버텼다. 모두에게 이 지독한 훈련을 잘 이겨 냈다고 그리고 진영에게도 잘 견뎌 냈다고 말해 주고 싶었다.

선생님은 해수욕장에 도착해서 직접 우리들의 텐트를 쳐 주고, 모래사장에서 재빠르게 도망치는 게를 발가락으로 잡는 묘기를 보여 주었다. 그 묘기는 게가 숨 쉬는 모래 구멍을 찾아내야 하는 세심한 관찰력과 게를 발견한 즉시 발로 누를 수 있는 민첩성이 필요했다. 우리는 물놀이를 하다 말고 너도나도 게를 찾아 모래사장을 헤맸다. 게가 있는 모래 구멍을 찾기도 어려웠지만 너무나도 빠른 게를 민첩하게 발로 누르기도 쉽지 않았다. 몇몇 아이들은 한두 마리씩 잡았지만 아무도 선생님처럼 많이 잡을 수 없었다. 선생님은 잡은 게를 넣어 시원한 찌게를 직접 끓여 주고, 나무토막을 구해 와 작은 캠프파이어를 꾸몄다. 아침부터 저녁 늦게까지 우리를 위해 열심히 일하는 선생님을 보고 있자니 처음으로 미안한 감정이 들었다. 오늘뿐 아니라 지금껏 선생님은 우리에게 온갖 정성을 다했다. 우리가 그것을 제대로 알아주지 않았을 뿐이다. 지금까지 육상을 하는 것을 내가 아닌 선생님을 위해 했다고 착각했는지도 모른다. 선생님의 종합 우승을 위해 육상을 한다고 줄곧 그렇게 생각했던 것 같다.

캠프파이어가 끝나고 나서 몇몇 아이들이 잠을 자러 텐트로 들어갔다. 나는 텐트가 아닌 다른 곳으로 걸어가는 진영을 쫓아갔다. 진영은 바다가 보이는 돌담에 쭈그려 앉았다.

"뭐해? 들어가서 자자."

말은 그렇게 했지만 진영의 옆에 똑같이 쭈그려 앉았다. 진영은 힐끗 쳐다보더니 다시 바다로 눈을 돌렸다.

달빛이 환하다. 물이 제법 많이 빠져 모래사장이 더욱 넓어졌다. 바다가 멀리 도망가는 것 같다.

"아, 다리 저려. 다리 안 저려?"

나는 코에 침을 바르며 엄살을 피웠다. 그러고는 엉거주춤 일어나 다리를 주물렀다.

"가자. 이제 들어가서 자자."

하지만 진영은 꿈쩍하지 않았다.

"언니는 바다가 감옥이래."

"감옥?"

"응, 아무리 나가려고 해도 빠져나갈 수 없는 감옥 같대."

진영은 바다에서 눈을 떼지 못했다. 마치 바다 어딘가에 있을 감옥의 문을 찾는 것 같았다. 나는 진영의 힘없는 말에 대꾸할 수 없었다. 그 자리에 서서 계속 듣고 나는 파도만 바라보았다.

'바다가 감옥이라니?'

한 번도 그렇게 생각해 보지 못했다. 해녀인 할머니는 늘 바다가 보물 상자라고 말하곤 했다.

바다에서 시원하게 자맥질하던 일, 썰물에 미처 빠져나가지 못한 문어를 잡았던 일, 할머니와 보말과 조개를 잔뜩 캤던 일, 아빠와 낚시를 했던 일, 그리고 아이들과 겨울 바다에서 소리치며 놀았던 일……. 바다와 관련된 수많은 추억들이 떠올랐다.

나에게 바다는 선물이고, 보물 상자고, 엄마고, 아빠고, 할머니다. 진영의 말을 듣기 전까지는 한 번도 감옥이라고 생각하지 못했다. 그런데 진영에게는 바다가 감옥이었다. 불현듯 제주 바다에 잠겨 있는 섬 '이어도'가 떠올랐다. 옛 제주 사람들은 이어도를 즐거움이 가득한 곳이라 믿었다. 그래서 고달픈 삶을 벗어나 이어도로 가는 판타지 세계를 그리곤 했다. 그들에게 이어도는 극락의 세계이자 환상의 섬이었다. 진영이 가고픈 곳은 어쩌면 고통과 슬픔이 없는 이어도와 같은 곳인지 모르겠다.

10

지금, 이 순간을 즐겨

어젯밤 지붕이 날아갈 정도로 바람이 세차게 불더니 태풍이 조금씩 잦아들었다. 여름의 끝에선 어김없이 여러 차례 태풍이 분다. 태풍은 정말 많은 것을 날려 버렸다. 집을 부수고, 거리의 간판이며, 나무, 돌담들도 모두 온전하지 못했다.

바람이 잦아들자 밖으로 나왔다. 나는 모든 것을 엉망으로 만드는 태풍은 두려웠지만 태풍이 지난 뒤 스산한 바람 냄새가 좋다.

골목으로 나오자 쓰레기와 나뭇잎들이 잔뜩 뒹굴고 있었다. 동백나무의 줄기와 어디서 부러졌는지 알 수 없는 녹나무의 굵은 가지가 간간이 불어오는 바람에 잎을 매단 채 굴러다니고 있었다. 골목 끝으로 걸어갔다. 그곳에는 먹음직스러운 연둣빛 대추들이 잔뜩 떨어져 있었다. 나는 땅에 떨어진 대추를 주워 바지 주머니에 넣고 대추나무를 올려 보았다. 바람 소리에 대추나무가 시끄럽게 사각거렸다.

방학이 끝나고 2학기가 시작되자 보미가 돌아왔다. 우리의 기대와는 달리 보미는 테스트에서 떨어졌다. 모두 아쉬웠다. 검게 그을린 얼굴과 더 튀어나온 광대뼈를 보면 보미가 얼마나 열심히 훈련했는지 짐작됐다. 우리 중 누군가 운동선수가 된다면 그건 바로 보미라고 생각했다. 틀림없이 텔레비전에 나오는 유명한 마라토너가 될 거라 의심하지 않았는데, 보미는 우리의 기대를 저버리고 그렇게 되돌아왔다. 우리는 보미의 일을 묻지도, 아는 척할 수도 없었다. 또 다음 달에 열리는 결승전으로 바빠 어색한 관계를 바꾸지도 못했다.

만화나 드라마처럼 행복한 결말이 오지 않았다. 테스트에서 떨어진 보미나 아저씨의 폭력이 사라지지 않은 진영에게도. 더구나 우리가 드라마의 주인공처럼 어려움을 이겨 낼 수 있는 대단한 사람이 아니라는 사실에 더욱 기운이 빠졌다.

달려라, 요망지게!

토요일 오후, 연희가 콩국수를 먹자며 우리를 집으로 불렀다. 연희가 자신의 집에 초대한 것은 이번이 처음이었다.

　"엄마, 나."

　연희가 초인종에 대고 소리쳤다. '삑' 소리와 함께 문이 자동으로 열렸다. 정원에는 작은 연못과 동글동글한 향나무들이 곳곳에 잘 정돈되어 심겨 있었다.

　"와! 진짜 집 좋다. 넌 왜 이렇게 좋은 집에 살면서 이제야 데리고 오냐?"

　내가 부러워하며 구박하자 연희는 보조개를 만들며 가만히 웃었다. 그동안 연희의 집이 대단한 부자라서 우리를 초대하지 않았다는 말이 사실인 모양이다.

　"들어와."

　"응."

　연희를 따라 자연스럽게 신발을 벗었다.

　"인사해. 우리 언니야."

　연희가 가리키는 그곳에는 팔과 다리를 비비 꼬고 휠체어를 탄 사람이 있었다. 순간 나와 미란은 크게 놀랐다. 나는 무의식적으로 '헉!' 소리를 내뱉지 않았나 걱정이 들기도 했다. 연희는 한 번도 장애가 있는 언니가 있다고 말하지 않았다. 언니와 남동생이 있다는 것은 알고 있었지만 연희의 언니가 장애인이라고는 꿈에도 생각지 못했다.

"언니, 야이가 경미고, 야이가 미란이."

연희는 놀란 우리의 모습을 무시한 채 자연스럽게 언니에게 우리를 소개했다.

"아, 안녕, 하세요."

나는 기어들어 가는 작은 목소리로 인사를 했지만 고개를 숙이는 것을 깜빡했다.

"우리 언니, 성희 언니. 몸이 좀 불편해. 2급 뇌성마비야."

뇌성마비가 무엇인지도 몰랐지만 차마 물어볼 수 없어 고개만 끄덕였다.

성희 언니는 내가 가장 가까이에서 본 장애인이다. 길거리에서 장애인을 마주친 적은 있어도 말을 해 본 적은 없었다. 연희는 우리를 거실 소파에 앉도록 했다. 그러고는 언니의 휠체어를 돌려 우리와 마주 보게 했다.

'연희는 어떻게 우리에게 자신의 집에 놀러 오라고 할 수 있었을까?'

나는 연희를 힐끔거리며 속으로 생각했다. 나라면 절대 못했다. 끝까지 비밀로 했을 거다. 숨길 수 있다면 계속 숨겼을 것이다. 우리에게 성희 언니를 당당하게 소개하는 연희가 대단하게 느껴졌다.

"왔니?"

연희의 엄마가 부엌에서 나오며 우리에게 인사를 건넸다. 우리는 자리에서 일어나 아주머니에게 인사를 했다. 아주머니는 콩국수를 만들고 있다며 조금만 기다리라고 했다. 그러고는 다시 부엌으로 들어갔다.

무척 어색했다. 팔과 얼굴을 마구 꼬며 우리를 보는 언니의 모습과 그 모습이 너무나 자연스러운 연희와 연희의 가족, 그리고 그 모습을 부자연스럽게 보는 우리. 대화가 계속 끊겼다. 언니는 가끔 아주머니와 연희에게 아주 짧은 말을 하기도 했는데 무슨 말인지 잘 알아들을 수 없었다. 나는 언니가 우리의 대화를 알아듣지 못하리라 생각했지만 연희는 다 알아듣는다고 한다. 언니는 고등학교 1학년까지 학교에 다니다가 지금은 집에 있다고 했다. 전에는 아주머니가 매일 언니를 업고 학교에 다녔다고 한다. 나는 부엌에서 콩을 가는 아주머니의 등을 보았다. 마치 등에 혹이 붙어 있는 듯했다. 전생에 넓은 사막을 걷는 낙타였는지 모르겠다. 성희 언니를 등에 업고 가는 아주머니의 모습이 머릿속에서 지워지지 않았다.

"정말 맛있어요! 한 그릇 더 먹어도 되죠?"

고소한 콩국수를 한 그릇 비우고, 아주머니에게 빈 그릇을 내보였다.

"땅콩 갈아 넣어 더 맛있는 거라."

연희가 고소한 이유를 알려 줬다. 아주머니는 콩국수를 더 주시며 말했다.

"이게 올해 마지막 콩국수다. 많이 먹어라."

'아! 이게 올여름의 마지막 콩국수일 수도 있겠구나!'

예전에 할머니는 노인들에게는 마지막인 게 참 많다고 했다. 언제 죽을지 모르니 겨울에 귤을 먹다가도 이게 내가 먹어 보는 마지막 귤이구나 하는 생각이 든다고. 하지만 꼭 그것은 나이 든 노인에게만 일어날 일이 아니다. 어린 우리에게도 마지막인 것들이 많다. 중학교 3학년도, 올여름도, 함께했던 훈련도. 우리가 느끼는 이 많은 감정도 모두 마지막일 수 있을 것이다.

성희 언니의 입으로 들어가던 국수가 제대로 들어가지 않고 바닥으로 떨어졌다. 아주머니는 신경 쓰지 않았고, 연희가 화장지로 언니의 입을 닦아 주고는 걸레로 바닥의 국수를 능숙하게 훔쳐 냈다. 나는 미란을 곁눈질하며 다시 젓가락을 집었다. 미란은 아무 표정 없이 묵묵히 콩국수만 먹고 있었다. 보미와 진영은 오지 않았다. 보미는 보미대로, 진영은 진영대로 각자 따로 놀았다. 아이들이 점점 멀어져 갔다. 이제 우리가 아닌 각자의 삶을 찾아가는 것만 같다. 우리가 이렇게 된 것이 육상을 시작했기 때문이라는 생각이 들었다. 마치 육상을 시작한 것이 잘못된 일처럼 느껴졌다.

갑자기 언니가 팔을 꼬며 말했다.

"으으으왜 따딴땐 아이애들은 아아안 아와?"

말을 거는 언니를 쳐다보았다. 분명히 알아들을 수 있었다. 왜 다른 애들은 오지 않았느냐는 말이었다. 정확한 발음은 아니었지만 모두 알아들을 수 있었다. 언니는 우리가 다섯이라는 것을 벌써 아는 듯했다. 연희가 우리의 이야기를 자주 했을 터다.

"보미하고 진영은 집에 일 있댄. 그래서 안 완."

연희가 대꾸하자 언니는 다시 몸을 꼬며 말했다. 하지만 이번에는 알아들을 수 없었다. 그러자 연희가 어색하게 웃으며 고개를 흔들었다.

"언니, 지금 뭐라고 한 거야?"

나는 궁금함을 참지 못해 물어보았다.

"우리 싸웠냐고."

"아!"

나는 탄성을 내뿜고 언니를 보며 연희처럼 어색하게 웃었다.

연희의 집에서 돌아오던 길, 보미 집에 들러 보미와 함께 바다를 걸었다. 해가 바다로 막 빠지고 있었다. 바다에는 주황빛 노을이 가득 찼다. 불을 켠 고깃배 한두 척이 눈에 들어왔다. 보미는 아무 말 없이 바다를 보고 있었다. 나는 보미가 서울에서 어떻게 지냈는지 물어야 할지 아니면 진영의 얘기를 먼저 해야 할지 고민스러웠다.

"보미야, 진영이 있잖아."

바다를 바라보던 보미가 궁금한 얼굴로 고개를 돌렸다. 어디서부터 어떻게 얘기해야 하는 걸까? 나는 여름 합숙 훈련 얘기부터 시작했다. 땀이 뒤범벅되었던 일, 댄스 훈련, 땡땡이쳤던 일, 그리고 진영의 가출 사건까지. 깜깜해진 바다에 수많은 고깃배들의 불이 환하게 켜질 때, 나의 긴 얘기는 끝났다.

삼성혈에 들어섰다. 초등학교 현장 학습 이후에는 와 본 적이 없는 곳이다. 학교와 가까워 자주 지나갔지만, 가까이 있다는 이유로 언제든지 올 수 있다는 생각에 들어와 보지 않았다. 더군다나 아이들과 이렇게 모두 모여서는 말이다. 하지만 문을 넘자마자 잘 왔다는 생각이 들었다. 높게 솟은 소나무와 커다란 녹나무들로 삼성혈은 커다란 숲을 이루고 있었다. 자동차와 버스가 씽씽 달리는 바깥과는 다른 세계다. 조용하고 편안하다. 조금 걷자 커다란 벚나무가 여러 그루가 보였다.

"와! 진짜 크다."

그곳에는 눈에 띄게 커다란 왕벚나무 세 그루가 붉게 물들고 있었다. 봄꽃 축제의 여왕인 벚나무는 단풍나무 못지않게 단풍이 고왔다.

어렸을 때 일본에서 우리 동네로 이사 온 아이가 있었다. 물론 한국 아이였다. 하지만 일본에서 태어나서인지 그 아이는 한국말보다 일본말을 더 잘했고, 어딘지 모르게 일본인처럼 생겼다. 어린 우리의 눈에도 그 아이가 우리와 달라 보였다. 그래서 아이들은 그 아이를 놀리고 못살게 굴었다. 그 아이가 쓰는 일본말을 비웃고, 치마를 들치거나 대놓고 욕까지 했다. 하지만 누구도 말리지 않았다. 몇몇 어른들이 보이는 곳에서는 야단을 치기는 했으나 그것은 언제나 지나가는 바람 같은 말이었다. 그래서 아이들은 암묵적으로 어른들의 동의를 얻은 것처럼 그 아이를 차별했다. 언제나 놀란 눈을 동그랗게 뜨고 아무 말도 못 하고 서 있던 그 아이는 얼마 후 동네를 떠났다. 나는 그 아이가 이사를 가는 날, 떠나는 트럭의 모습을 끝까지 보았다. 인형을 안고 트럭을 오르는 그 아이의 눈빛을, 뒤를 보며 아쉬워하는 그 아이의 눈빛이 오랫동안 잊히지 않았다.

사람들은 벚꽃을 좋아하고, 매번 봄이 되면 곳곳에 널린 벚꽃 축제에 열을 올리면서도 정작 벚나무를 좋아하는 사람을 보면 벚꽃이 일본의 나라꽃이라며 매국노 취급을 하기도 한다. 우리가 그 아이에게 했던 것처럼 말이다.

저렇게 아름다운 눈꽃을 뿌려 주는 꽃나무를 좋아하지 않을 사람이 있겠는가? 한여름의 검붉은 버찌 열매는 얼마나 달콤한가? 또 붉게 물든 아름다운 단풍으로 갈아입는 벚나무를 어떻게 싫어할 수 있겠는가! 그 아이가 그냥 아이이듯, 꽃도 꽃일 뿐이다. 나는 벚꽃이 좋다. 다시 그 아이를 만나면 친구가 될 수 있을 것 같다.

"대체 얼마나 오래되면 이렇게 굵을까? 우리 여기 팔로 둘러 보자!"

서둘러 아이들을 불러 가장 큰 왕벚나무 주위에 서 보게 했다. 아이들은 귀찮아하면서도 팔을 둘렀다. 왕벚나무의 둘레는 다섯이나 되는 우리의 팔로 둘러도 모자랐다. 엄청나다. 봄이 되면 많은 꽃을 피울 것이고 사방에 눈꽃을 뿌릴 것이다.

"무사 여기 온 거?"

진영이 재미없다며 투덜대고는 팔을 풀고 털썩 바닥에 주저앉았다.

"넌 무사 이렇게 이상한 거 좋아햄샤?"

"야, 여기 너무 좋지 않냐? 얼른 일어나. 가서 구멍은 봐야지. 하도 어릴 때 봐서 기억도 안 난다. 빨리 가자."

나는 진영을 일으키며 구멍이 있는 곳으로 향했다. 아이들이 천천히 뒤따랐다. 연희가 투포환으로 뚫어 놓은 것처럼 움푹 파진 세 개의 구멍이 삼각형을 이루고 있었다. 이곳에서 제주의 최초 사람인 세 명의 신인이 나왔다. 각각 '고', '양', '부'라는 성을 갖고, 이 세 명의 신인이 최초의 제주 사람이 되었다. 삼성혈은 이들 삼신인(고, 양, 부 세 성씨의 시조)이 태어난 곳이며, 이들이 탐라국을 개국했다고 전해진다.

"야, 이게 뭐냐?"

보미가 별거 아니라는 듯 심드렁한 목소리로 말했다. 삼성혈은 우리가 초등학교 때 보았던 것보다 더 작아진 것 같았다. 분명히 그때와 크게 달라지지 않았을 텐데도 우리가 커서인지 삼성혈이 너무 초라해 보였다.

"무사, 연희 하르방(할아버지) 나왔잖아."

진영 말에 우리는 까르르 웃음을 터트렸다. 연희 목소리가 가장 크게 울렸다. 여기서 나왔다는 고, 양, 부 씨 중 우리 중 유일하게 연희가 '부' 씨다.

"구멍이 너무 작아. 아기가 나오기도 어렵겠다."

세 개의 구멍은 포환이 들어갈 정도밖에 되지 않았다. 조금 실망스럽다. 사람들은 저 구멍에서 신인이 나왔다고 믿지 않을 것이다.

"보미야!"

그때 보미의 사촌 언니가 우리 곁으로 다가왔다. 보미 사촌 언니는 삼성혈에서 일하고 있다. 우리는 다 같이 인사를 했다.

"언니, 볼 게 너무 없어."

보미가 투덜대자 진영이 그렇다고 한마디 거들었다.

"볼 게 없다니? 여기가 탐라국의 시초인데, 너희 혹시 제주가 탐라국이었던 건 알고 있니?"

'탐라국?'

우리는 고개를 저었다.

"제주도 사람이 어떻 그것도 모르냐?"

언니는 직원답게 삼성혈에서 세 신인이 나와 탐라국을 세우고 어떻게 번창했는지 설명하기 시작했다.

"정말 탐라국이 있었다고요?"

"그럼, 고구려, 신라, 백제 세 나라와 교역까지 했는데."

탐라국이 독자적인 국가를 형성했다는 말에 조금 의아했다. 제주도 사람들이 육지 사람들과는 다르게 다른 나라 사람처럼 느껴졌다.

"그리고 이곳은 추운 겨울에도 눈이 안 쌓여. 둘러싼 나무들이 눈과 비를 막아 주는 거야."

"진짜요?"

나는 언니의 말에 주변 나무를 살펴보았다. 둘레에 큰 나무가 있긴 했지만 멀찍이 떨어져 있어 눈과 비를 막아 주기는 어려워 보였다. 그런데도 겨울에도 눈이 안 쌓인다니! 정말 신기한 일이다. 그 말 때문인지 세 명의 신인이 나왔다는 말까지 진짜처럼 느껴졌다.

"경헌디 고망이(구멍이) 너무 작지 않수까? 어떵 사람이 나옴니까?"

진영의 걸죽한 사투리에 언니가 하하 소리를 내며 웃었다. 우리도 따라 웃었다.

"신화잖아. 꼭 사람의 모습으로 나왔다고 볼 순 없지. 공기가 나와서 사람처럼 변했을지도 모르잖아. 아니면 흙이 나와서 사람이 되었는지도."

"아!"

나는 놀라 입이 살짝 벌어졌다.

"맞아, 정말 그럴지도 모르지."

내가 흥분하며 언니의 말이 맞다고 맞장구치자 진영이 내 머리를 쥐어박으며 말했다.

"넌 애도 아니멍(아니면서) 그런 걸 믿엄사(믿냐)?"

"그건 모르는 거야. 아무리 전설이라도 해도 나중에 사실로 밝혀진 게 얼마나 많은데. 잘 알지도 못하면서."

나는 입을 삐죽 내밀고는 대꾸했다.

전설이었던 폼페이 유적도 실제 발견되지 않았는가? 왜 전설이라면 모두 거짓말이라 생각하는지 모르겠다. 왜 나이를 먹으면 이런 것들을 다 거짓말이라고 여기는지 이해할 수 없다. 나는 나이를 먹어서도, 쓸데없는 이야기라고 해도 할머니에게 들은 옛이야기를 기억하고 가슴에 담아 둘 거다. 오랜 시간 간직할 것이다. 그러고 보니 어릴 적 나의 꿈은 고고학자였다. 사라진 고대 유물을 발견하고 유적지를 찾아가는 고고학자들의 이야기가 흥미로웠다. 그런데 어느새 고고학자의 꿈이 완전히 잊혀 갔다. 어릴 때 하고 싶었던 것이 있었다는 사실에 조금 흥분되었다.

"너네한테 미리 얘기 못 해서 미안해. ······어떻게 될 줄 몰라 얘기 못 핸. 서울에서 말이야······."

보미와 바닷가에서 이야기를 나눈 이튿날, 보미는 우리에게 서울에서 지냈던 이야기를 들려줬다. 전국에서 뽑힌 여러 명의 장거리 선수들과 매일 훈련과 테스트를 받았던 일 모두. 친구 하나 없는 그곳에서 보미가 얼마나 힘들었을지 말하지 않았지만 느낄 수 있었다. 보미는 최선을 다했지만 불행히도 떨어졌다. 만약 보미가 뽑혔더라면 소리를 지르고 기뻐하며 들을 수 있었지만 우리는 아무런 위로도 하지 못한 채 보미의 시선을 피하며 고개만 끄덕였다. 어떤 말도 보미에게 위로가 될 수 없을 것 같았다.

"나, 잘 안됐지만 후회하지 않아. 달리는 그 순간이 즐거워. 예전에 선생님이 그렇게 말했어. 꼭 이기지 않아도 되니까 달리는 그 순간을 즐기라고."

'선생님이 그런 말을 했구나.'

나는 선생님이라면 충분히 그런 말을 하고도 남았을 거라고 여겼다.

"달리기가 좋아. 그래서 지금 이 시간을 즐길래."

보미의 눈빛은 반짝거렸다. 보미가 어른처럼 느껴졌다.

'후회하지 않으면 돼.'

나는 그렇게 말해 주고 싶었다. 하지만 말하지 못했다. 보미는 틀림없이 훌륭한 마라토너가 될 텐데 그런 보미를 알아주지 않은 서울 선생님들이 야속하기만 했다.

우리는 결승전 준비로 다시 종합경기장에서 훈련을 시작했고, 예선전 때보다 더욱 긴장한 모습으로 훈련에 임했다.

11

내 인생의 하이라이트

전도 체전 결승전이 열흘 앞으로 바짝 다가왔다. 늦더위도 이제 다 물러가고, 저녁이 되면 시원한 가을바람이 불어왔다.

"야, 연습 끝나고 산지천 축제 가자."

연희의 말에 나는 아이들 반응을 살폈다. 산지천은 동문로터리에 있는 하천이다. 바다와 연결된 하천으로, 주변은 공원으로 조성되어 있고, 가까이에 제주시에서 가장 큰 동문시장이 있어 자동차도 많고, 시장을 보러 온 사람들로 늘 분주했다.

"산지천에서 뭔 축제 해?"

"거기 등 축제 하잖아."

"등 축제? 풍등?"

"아니. 풍등은 아니고."

미란과 연희가 말을 주고받았다. 산지천 등불 축제는 생긴 지 얼마 안 된 축제였다. 나 역시 등 축제라고 해서 대만 영화에서 자주 나오는 풍등을 날리는 축제를 떠올렸다.

"풍등 날려 보고 싶은데."

보미가 말했다. 우리는 모두 고개를 끄덕였다. 작년 우리가 함께 봤던 영화에서 남녀 주인공이 소원을 적어 풍등에 날려 보내는 모습은 정말 아름답고 인상적이었다. 그래서 언젠가 꼭 해 보고 싶은 일 중 하나가 되었다. 하지만 얼마 뒤 뉴스를 통해 풍등 행사로 화재가 빈번하게 일어나고, 헬륨 풍선과 마찬가지로 생태계와 환경에 나쁜 영향을 미치는 것을 알게 되었다. 우리의 소원을 담아 하늘로 오르는 오색의 등과 풍선이 결국 동물을 죽이고, 환경을 오염시킨다니 참 씁쓸했다.

"풍등 아니고, 한지로 만든 거라, 다양한 등이 볼 만해."

연희가 설명했다.

"가자."

"같이 가자."

달려라, 요망지게!

나와 연희는 별다른 반응을 보이지 않는 아이들을 꼬드겨 버스를 타고 동문로터리로 향했다. 퇴근 시간인 데다 구경 나온 사람들로 동문로터리는 시끌벅적했다. 산지천을 따라 한지로 만든 다양한 동물과 사람들 형태의 수많은 등이 전시되어 있었다.

　　"저녁 뭐 먹지? 떡볶이 먹고 구경할까? 어두워야 멋져."

　　연희가 앞서 우리가 자주 가는 분식집 골목으로 들어섰다. 우리는 만두와 계란, 튀김, 김밥이 함께 들어 있는 떡볶이를 시켰다.

　　"삼춘, 여기 아주 매운 맛 5인분 줍써."

　　연희가 친근하게 아주머니를 부르며 주문했다. 제주 사람들은 친삼춘이 아닌데도 동네 아는 어른들에게 삼춘이라고 부른다. 삼춘 호칭은 여자나 남자 모두에게 부를 수 있다.

　　우리는 매운맛 떡볶이만 먹었다. 맵지 않은 떡볶이는 떡볶이가 아닌 것처럼 매운맛 떡볶이는 중학생인 우리들의 상징이다. 우리에게 매운 떡볶이는 절실했다. 매운맛은 단맛, 짠맛, 쓴맛과는 다르다고 한다. 맛이기보다는 입속에서는 톡톡 쏘는 아픔을 느끼는 통각이며 단순 자극인 통각과 온도가 결합한 피부 감각이라고 했다. 입안을 아프게 만드는 이 피부 감각은 대뇌에서 통증을 덜 느끼게 하려고 반대로 사람을 기쁘게 만드는 호르몬인 '엔

도르핀'을 분비하게 한다. 그래서 매운 떡볶이를 먹으면 우울한 기분이 사라질 수 있다. 결국 우리가 매운맛 떡볶이만을 고집하는 것은 질풍노도의 시기를 겪고 있는 우리의 몸이 매운맛 떡볶이가 스트레스를 싹 날린다는 것을 알아서일 거다.

우리는 떡볶이로 배를 가득 채우고 기름 가득한 호떡을 하나씩 쥐고 동문시장을 빠져나왔다. 뜨거운 호떡을 한입 베어 먹을 때마다 끈적한 진갈색 설탕물이 뚝뚝 떨어졌다. 아이들과 함께 음식을 먹으면 음식은 더 맛있어지고, 기분도 좋아진다.

오늘은 산지천 축제 첫날인 데다가 금요일 밤이라 사람들이 계속 몰려들었다. 어둠이 내려앉은 산지천은 연희 말대로 환상적이었다. 산지천 곳곳에 세워진 용과 말, 사슴, 호랑이, 사람들뿐만 아니라 만화 영화 속 주인공들도 등이 되어 밝게 살아나 있었다. 우리는 누가 말하지 않아도 가장 등이 많은 곳, 빨간빛, 파란빛, 노란빛 동그란 등으로 둘러싸인 다리 위로 올라가 자리를 잡고, 사람들을 구경했다.

바람이 불어오자 등이 미세하게 흔들렸다. 나는 흔들리는 물에 비친 등 빛에 빠져들었다. 등들이 풍등처럼 하늘로 날아오르는 상상을 했다. 그럼 나는 무슨 소원을 빌까? 아이들은 어떤 소원을 빌까……?

"결승전 서귀포에서 열린대."

"떨려?"

나는 고개를 들고 보미의 눈을 보며 물었다.

"너넨(너희는)?"

아무도 대꾸하지 않았다. 묵묵히 서로의 얼굴만 바라보았다. 우린 모두 긴장하고 있었다. 이제 열흘 남은 이번 결승전이 우리에게 처음이자 마지막이라는 것을, 어쩌면 마지막 시합이라는 걸 모두 알고 있었다.

"떨리긴 무사 떨리냐. 그냥 하면 되지."

진영이 침묵을 깨고 눈을 치켜뜨며 으스댔다.

"그냥."

연희가 눈을 치켜뜨며 진영을 따라 했다. 나는 그 모습에 웃음을 터트렸다. 미란과 보미도 '피식' 소리를 내며 웃었다.

"야, 모여 봐. 빨리."

진영이 다리 위에서 셀카를 찍자고 핸드폰을 꺼내 들었다. 진영은 뭐든 전환이 빨랐다. 말도 행동도. 무겁게 가라앉았던 우리의 분위기는 진영이 요구하는 셀카 포즈와 장난스러운 표정을 지으며 일순간 바뀌었다.

"야, 몰아주기 해. 빨리 나 몰아줘."

진영은 우리에게 이상한 표정을 지으라며 소리쳤다. 우리가
다들 눈을 치켜뜨거나, 머리를 헝클어뜨리는 엽기적인 포즈를 취
하자, 진영이 혼자 빙그레 웃으며 사진을 찍었다.

"야, 저기 강 찍게. 빨리, 빨리."

진영이 다리 아래를 손가락으로 가리키며 앞서 달려갔다. 또
시작되었다. 우리는 못 말리겠다는 듯 고개를 흔들었다.

전도 체전 결승전은 제주시가 아닌 서귀포시에서 1박 2일로
치러졌다. 그래서 하루 일찍 서귀포시로 넘어가 여관에서 2박을
하게 되었다.

'웬 횡재냐! 모두 함께 잠을 잘 수 있다니.'

우리는 밤에 할 수 있는 많은 일들 계획하며 들떠 있었다. 서
귀포 중앙로 시내를 배회하거나, 야간시장을 가 보고, 늦은 밤 방
에서 재미난 게임 등을 할 계획이었다. 결승전을 치르러 가는 선
수들이 아닌 마치 수학여행을 떠나는 아이들 같았다. 하지만 인
생은 우리의 계획대로 풀리지 않는다. 머피의 법칙이 발동했는지

가는 길에 두 차례 작은 사고가 있어 우리는 밤늦게야 여관에 도착할 수 있었다. 너무 늦은 시간이라 밖으로 나갈 수 없었고, 오랫동안 수다를 떨 수도 없었다. 더구나 선생님은 내일을 위해 일찍 자라고 당부까지 했다. 우리가 바로 잠자리에 든 것은 선생님의 당부도 늦은 시간 때문도 아니었다. 전도 체전 결승전 때문이다. 출발할 때까지만 해도 놀 생각에 들떠 있었는데, 서귀포에 도착하니 내일부터 시작되는 결승전으로 아이들이 모두 긴장하고 있었다. 그래서 우리는 아무도 나가자고, 게임을 하자고 하지 않았다. 우리의 계획은 물거품처럼 사라졌고, 우리는 순순히 잠자리에 들었다.

나는 맨 구석 보미 옆에 자리를 잡고 누웠다. 이렇게 아이들과 새로운 추억 하나를 만들지 못하고 잠을 자는 게 아쉬웠다. 하지만 나 역시 내일 시작되는 결승전으로 긴장하고 있었다. 결승전에서 달리는 내 모습을 생각하지 않으려고 했지만 자꾸만 떠올라 잠을 이룰 수 없었다. 서너 번 뒤척이다가 자정이 지난 후에나 겨우 잠들었다.

아침 일찍 일어나 보니 진영과 연희가 껴안고 자고 있었다. 그 모습이 너무나 우스웠다.

"일어났어?"

부스럭거리는 소리에 잠이 깼는지 미란이 일어나며 물었다. 세수를 대충 하고 아이들을 깨웠지만 아이들은 일어나지 않았다.

"경미야, 그냥 우리끼리 나가자."

지난밤, 우리는 아침 일찍 일어나 밖에 나가 보자고 했는데, 다른 아이들은 깊은 잠에 빠져 있었다. 나는 모두 함께 나가고 싶었지만 어쩔 수 없이 미란을 따라나섰다. 여관은 서귀포 시내 중심에 있었다. 조금 걷자 서귀포 중앙로라 불리는 길이 나왔다. 그곳에는 작은 가게들이 줄지어 있었다. 이른 아침이라 그런지 사람들이 보이지 않았다. 길을 걷는 사람이 하나도 없었다. 마치 우리만 덜렁 남겨 두고 사람들이 떠난 황량한 거리 같았다.

"사람들이 없네?"

나는 거리를 기웃거리며 미란에게 물었다.

"응, 그러네."

미란도 여기저기 둘러보았다. 가게들이 즐비한 거리는 특별한 것이 없었다. 제주시의 중앙로를 줄여 놓은 것 같다. 우리는 왔던 길을 되돌아 여관으로 돌아가기로 했다.

"아, 저기 한라산!"

뒤돌아서던 내가 큰 소리로 외치자 미란도 가리키는 곳을 바라보았다. 한라산이다. 동네에서 보는 것과 모양이 달랐다. 섬 중앙에 솟은 한라산이 제주도의 어느 곳에서나 보이는 것은 당연한 일인데도 마치 친구를 만난 듯 반갑고 기뻤다. 미란도 반가운 눈치다. 산 중턱에 있는 잿빛 구름이 천천히 움직이고 있었다.

결승전 첫째 날인 오늘은 100m, 800m, 그리고 농구 경기가 있다. 그런데 불행히도 농구와 육상 경기 시간이 겹쳤다. 더구나 서귀포 종합경기장 실내 농구장이 공사 중이어서 농구 시합이 시내 고등학교 체육관에서 진행되었다. 결국 나와 보미는 농구 경기를 포기한 채 육상 경기에 참여하기로 결정했다. 날씨가 흐렸다. 구름이 잔뜩 낀 운동장은 마치 저녁처럼 어둡다. 가로등을 가져다 놓아야 할 것 같았다.

'출발을 잘하자, 출발! 출발을 빨리!'

손목과 발목을 풀며 계속 중얼거렸다. 결승선에는 핸드볼부 아이들만 나를 응원하고 있었다. 그래도 괜찮다.

"제자리에."

"차렷!"

'탕' 소리와 함께 나는 달렸다. 비록 출발은 늦었지만 선생님이 알려 준 그대로 자세를 바르게 잡고 달렸다. 달리는 순간이 마치 꿈같았다. 아이들이 하나둘 휙휙 뒤쳐졌다. 나는 앞만 보이는 말처럼 달려 나갔다. 그리고 결승선을 지나 한참을 더 내달렸다. 허리를 굽은 채 가쁜 숨을 내쉴 때서야 하얀 결승끈이 내 가슴에 걸려 있는 걸 알 수 있었다.

보미의 경기가 끝나자 보미와 나는 선생님 차를 타고 농구 경기를 하는 고등학교 체육관으로 출발했다.

"이럴 줄 알았으면 농구를 뛰라고 할걸."

선생님은 보미가 입상을 하지 못한 것에 충격이 컸는지 가는 동안 몇 번이나 똑같은 얘기를 반복했다. 하지만 나와 보미는 농구 걱정에 아무 말도 들어오지 않았다. 내가 100m 결승전에서 1위를 했다는 것도 보미가 800m 결승전에서 입상하지 못한 것도 중요하지 않았다. 우린 온통 아이들은 잘 뛰고 있을지, 후반전이라도 뛸 수 있을지, 벌써 농구 시합이 끝난 것은 아닐지 걱정되었다.

2학년 후배들이 있기는 하지만, 주로 육상 훈련을 했기에 농구 연습을 제대로 한 적이 없었다. 그러니 진영, 연희, 미란 이렇게 세 명이 뛰는 것과 같았다. 더군다나 우리도 농구공을 만져 본 지가 오래였다.

체육관으로 들어가자마자 나는 전광판을 보면서 선수석에 앉아 있는 후배에게 물었다.

"어떻게 됐어?"

"5분밖에 안 지났어요."

다행히 이제 막 경기가 시작되었다고 했다. 운이 따랐다. 앞 팀의 경기가 연장전까지 가게 되어 우리의 시합이 늦어졌다고 했다. 우리는 서둘러 유니폼을 갈아입고 바로 경기에 들어갔다. 하지만 손이 제대로 맞지 않아 여러 번 패스 미스가 생겼다. 슛도 정확하지 않았다. 점수가 계속 벌어졌다.

"타임!"

심판이 호루라기를 길게 불었다. 선생님이 작전 타임을 요청했다. 우리는 숨을 헐떡이며 선생님 앞으로 모였다.

"이제부터 맨투맨이야. 6점만 따라잡으면 돼. 할 수 있어. 자, 파이팅!"

맨투맨 방어는 다섯 명이 각자 정해 둔 자신의 마크맨을 수

비하는 방법이다. 1:1로 붙기 때문에 상대에게 슛을 쏘기 어렵게 하는 이점이 있지만, 체력 소모가 심하다 보니 오래할 수 없다. 그렇기에 전반전에 맨투맨 방어를 붙는 것은 극히 드물었다. 하지만 우리가 육상으로 체력이 단련되어 있기에 가능했다. 다른 건 몰라도 체력만큼은 지지 않을 자신이 있었다.

우리는 손을 뻗어 모아서는 서로를 쳐다보았다. 우린 할 수 있어. 말하지 않아도 모두 그렇게 말하고 있음을 느낄 수 있었다. 미란의 구호에 맞춰 우린 큰 소리로 파이팅을 외쳤다.

전반전부터 맨투맨으로 붙자 상대편 아이들이 동요하기 시작했다. 아이들이 모두 집요하게 따라붙자 상대편에서 바로 패스 미스가 생겼다. 미란이 공을 낚아채더니 나에게 짧게 패스했다.

공의 흐름을 읽은 진영이 벌써 골대 밑으로 들어가고 있었다.

"진영아!"

나는 힘을 다해 진영에게 길게 롱 패스를 던졌다. 진영은 정확히 공을 받아 러닝 슛을 성공시켰다.

"와!"

아이들이 환호성을 질렀다. 이제 4점 차다. 상대편 아이가 공을 잡고 드리블을 하자 진영이 바짝 붙어 막으며 공을 낚아채려고 했다. 우리도 각각 상대 아이들이 공을 받을 수 없도록 집중 마크를 했다. 그러자 드리블을 멈춘 상대편 아이는 다른 아이에게 공을 건네지 못해 5초 바이얼레이션에 걸렸다. 공격수는 5초 이내에 드리블을 하거나 패스를 해야 한다. 드리블을 한 번 하고 다시 할 수 없기 때문에 공을 잡은 이상 5초 이내에 누군가에게 패스해야 한다. 공격이 이루어지자 우리는 재빨리 공을 넓게 돌렸다. 상대편 아이들을 뛰게 만들 요량이었다.

상대편 아이들의 호흡이 가빠지고 몸놀림이 느려지자, 빈틈이 생겼다. 곧 수비수를 떨어뜨리고 3점 위치에 선 보미가 연희에게 공을 달라고 손짓했다. 보미는 육상의 실수를 만회하듯 3점 슛을 정확하게 골인시켰다. 1점 차다. 점수 차가 좁혀지자 상대팀 아이들 표정이 어두워졌다. 또다시 상대팀은 우리의 집중 마크로 슛 찬스를 만들지 못한 채 공만 주고받다가 24초를 넘겨서 공격권이 다시 우리에게 왔다. 진영이 공을 잡고 무리하게 상대팀 아이들 속으로 드리블 하면서 들어가 레이업 슛을 날렸다. 슛은 성공하지 못했다. 하지만 공을 쫓던 미란이 골대에 맞고 튕겨 나온 공을 리바운드 해서 다시 골인시켰다. 와아! 역전이다. 우리는 좋아할 새도 없이 "뛰어! 빨리 수비!"를 외치는 선생님을 보며 상대 선수들에게 달려갔다. 승리할 수 있다는 예감이 바로 눈앞에 있었다.

후반전까지 맨투맨 전술로 우리는 많은 점수를 내주지 않았다. 호루라기 소리가 나면서 경기가 끝났다. 점수가 표시된 전광판을 보며 우리는 환호성을 내질렀다.

"잘했어. 수고했어."

"너도."

우리는 서로의 어깨를 두드리며 마주 보고 웃었다. 얼굴과 온몸이 땀으로 흥건했지만 땀이 난다는 것도 느낄 수 없었다. 비록 한 팀을 겨우 꺾고 금메달을 땄지만 우리에게는 최고의 시합이었다. 멋진 우승컵을 안으며 우리의 중학교 마지막 농구 시합이 끝났다.

그날 밤, 교장 선생님이 여관으로 우리를 찾아와 축하해 줬고, 우리는 들떠 밤새 농구 시합 이야기를 떠들어 댔다.

둘째 날 아침부터 어둡더니 안개비가 조금씩 내렸다. 오늘은 200m와 핸드볼 경기가 같은 시간에 있다. 그리고 투포환, 창던지기, 보미의 1,500m 경기까지 줄지어 있다. 비가 와서 운동장 상태가 좋지 않았다. 빗물에 트랙이 좀 미끄럽기는 했지만 경기가 연기되지는 않았다. 200m 경기 후에 창던지기와 투포환이 시작되고 바로 뒤 1,500m 경기, 핸드볼 경기가 동시에 열려서 200m 경기에 참여하는 나와 진영을 응원하러 올 수 있는 사람이 없었다. 진영과 나는 선생님이 하라는 대로 몸을 풀고, 경기가 시작되기를 기다렸다. 곧 심판이 와서 선수들의 레인을 확인했다. 나는 3번, 진영은 5번 레인이었다. 우리는 각자 레인에 가서 스타팅 블록을 맞추고 스타트 연습을 두 차례 했다.

"야, 잘 뛰어! 알았지?"

나는 5번 출발선에 서 있는 진영에게 소리쳤다.

"시끄러, 너나 잘해!"

진영은 눈을 흘겼다. 곧 심판의 소리에 맞춰 천천히 제자리로 걸어갔다. 나도 앞으로 나아갔다.

보미는 1,500m에서 금메달을, 미란은 아쉽게도 4위에 머물렀고, 연희는 동메달을 땄다. 나와 진영은 둘 다 등수에 들지 못했다. 육상 경기가 모두 끝나자 우리는 핸드볼 경기장으로 향했다. 비가 점점 거세게 내렸다.

경기장에 도착하니 핸드볼부 아이들이 부둥켜 엉엉 울고 있었다. 1점 차로 지고 말았다. 어제 농구 시합에서 졌다면 우리도 저렇게 울었을 것이다. 어제 시합에 져서 울던 상대편 아이들 모습이 떠올랐다.

3시가 지나자 비가 멈추었다. 하늘에는 언제 비가 왔냐는 듯 해가 나왔다. 제주도 날씨는 늘 이렇게 변덕스럽다. 허들과 높이 뛰기 시합이 시작되었고, 나와 진영은 마지막 400m 계주를 위해 몸을 풀기 시작했다. 감기 기운이 있는지 코가 답답하고, 몸도 으슬으슬 떨렸다.

"야, 우리하고 중앙여중하고 점수 똑같댄."

"정말?"

아이들은 어디서 점수를 알아보고 왔는지 우리에게 잘 뛰라고 당부했다.

"계주에서 꼭 이겨야 해, 꼭!"

모두 내심 종합 우승을 바라고 있었다. 하긴 그렇게 열심히 연습했으니. 그리고 우리는 선생님을 믿었다. 훌륭한 교사라는 것을 알기에 선생님의 말이 헛말이 아니라는 것도 짐작할 수 있었다. 이제는 선생님의 꿈인 종합 우승이 당연한 듯 여겨졌다. 하지만 중앙여중은 만만치 않다. 작년까지 전도 체전에서 3년 연속으로 우승한 학교다. 제주시 초등학교에서 이름난 선수들을 모두 뽑아서 데려가는 학교이기도 했다. 핸드볼부 아이들이 옷을 갈아입고 우리를 응원하러 나왔다. 조금 전까지 울었던 아이들이 지금은 계주의 승리를 위해 다 같이 잘 뛰라고 격려했다.

400m 계주는 육상 경기의 꽃이다. 그렇기에 육상 전체 경기에서 마지막으로 치러진다. 여자 중학교 계주에는 네 개의 학교가 올라왔고, 그중 중앙여중과 우리 학교는 같은 점수이기 때문에 계주에서 우승한 학교가 자동으로 종합 우승으로 결정된다.

진영이 첫 주자로 뛰고 2학년인 송이, 1학년인 현정, 그리고 마지막으로 내가 뛴다.

우리는 각자의 트랙에 가서 몸을 풀었다. 손에서 자꾸 땀이 났다. 어느 때보다 긴장됐다. 선생님은 어째서 나를 맨 마지막 주자로 넣은 것일까? 마지막 주자가 된 것이 부담스러웠다. 혹시 바통을 떨어뜨리면 어쩌나, 현정과 타이밍이 맞지 않으면 어떨까 등의 별의별 걱정들이 머릿속에 떠다녔다.

나는 출발선에 있는 진영을 보며 계속 발목과 손목을 풀었다. 신호가 울리자 진영과 아이들이 출발하는 모습이 보였다. 심장이 쿵쾅거렸다. 나는 달리는 진영을 계속 바라보며 중얼거렸다.

"빨리, 빨리……."

진영이 맨 앞에서 달렸다. 언제나 스타트에서 가장 빨랐다. 하지만 뒷심이 부족해 끝에 가면 뒤처지곤 했다. 진영의 뒤를 중앙여중 주자가 바짝 따라붙고 있었다.

"앗!"

순간 맨 앞에서 달리던 진영이 바통을 떨어뜨렸다. 나는 벌어진 입을 손으로 막으며 진영에게서 눈을 떼지 못했다.

'어쩌지? 어떡해…….'

나는 진영이 그냥 포기하지는 않을까 걱정했지만 내 걱정과는 달리 진영은 재빨리 떨어진 바통을 줍고 다시 달렸다. 비록 꼴찌로 들어왔지만 삼등 바로 뒤였다. 송이가 삼등을 제치며 현정에게 바통을 넘기자, 나는 한숨을 크게 내쉬었다.

계주에는 주자끼리 바통을 주고받는 바통 터치 구간이 정해져 있다. 그 안에서 바통을 주고받아야 한다. 바통을 받을 주자는 앞 주자의 달려오는 속도에 맞춰 그 구간 중간부터 낮은 속도로 달리며 뒤로 손을 뻗는다. 두 주자가 서로 달리는 속도를 맞추어 바통 터치 구간 안에서 바통을 주고받아야 한다. 참으로 아슬아슬한 순간이다. 바통 터치 구간 중앙에 심판이 빨간 깃발과 하얀 깃발을 들고 서 있다. 바통 터치가 잘 이뤄지면 하얀 깃발을, 그렇지 못하면 빨간 깃발을 든다. 나는 현정의 뛰는 모습을 지켜보며 발목을 풀었다. 그러고는 자세를 낮추었다. 연습 때에는 선생님이 알려 준 대로 바통 터치 구간 중앙에서 천천히 뛰기 시작했지만 나는 바통 터치 구간의 맨 앞으로 갔다. 그러고는 자세를 최대한 낮추고 손을 뻗어 바통을 받을 준비를 했다. 그래야 지친 현정보다 더 많은 구간을 뛸 수 있다. 나를 믿는 수밖에 없다. 내가 현정이보다 빠르니 더 많은 구간을 뛰어 다른 선수와의 간격을 줄여야 한다. 중앙여중 세 번째 주자가 마지막 주자에게 바통을 받고 달려 나갔다. 현정이 들어오고 있다.

"현정아, 뛰어, 조금만 더!"

이등으로 달리는 주자가 또 지나갔다. 바로 뒤가 현정이다. 현정이 팔을 쭉 뻗고는 바통을 밀었다. 자세를 낮추고 몸을 앞으로 틀었다. 바통이 내 손에 닿자마자 나는 스타팅 블록에서 튕겨 나가듯 내달렸다. 재빨리 이등을 제쳤다. 그 뒤로 일등으로 달리는 중앙여중 주자를 쫓았다. 30m도 남지 않았다. 아이들의 모습이 보였다. 선생님이 모습도 보였다. 달리라고 외치며 바닥에서 뛰어오르는 아이들의 모습이 느린 화면처럼 흘러갔다. 마지막 힘을 다해 몸을 밀었다. 세 걸음, 두 걸음, 이제 마지막 한 걸음 차다. 5m, 결승선이 바로 코앞이다. 마지막 한 걸음 남았다. 나는 발을 최대한 멀리 뻗었다. 결승선에 모여 있는 아이들을 향해.

결승선에 다다르자 선생님과 아이들의 표정은 정지 화면처럼 멈춰 있다. 나와 중앙여중 마지막 주자는 동시에 들어갔다. 하지만 결승선의 하얀 끈은 그 아이의 가슴에 걸려 끊겼다. 그 아이가 일등을 한 것이다.

선생님과 아이들의 얼굴은 내가 숨을 헐떡이며 되돌아올 때까지 아쉬움으로 가득 찬 표정이었다. 진영은 자신이 바통을 떨어뜨렸기 때문이라며 바닥에 주저앉아 엉엉 울었다. 모두 잘 뛰었다고 칭찬해 주리라 생각했는데. 온 힘을 다해 뛰었으니까. 하지만 누구도 알아주지 않았다. 내가 온 힘을 다해 뛴 것은 보이지 않는 듯했다. 10m나 넘게 따라잡았다. 100m에서 10m를 따라잡기가 얼마나 어려운 일인데……. 하지만 선생님과 아이들은 그런 것들이 중요하지 않은 모양이다. 결국엔 종합 우승을 놓쳤으니까.

나는 스파이크를 갈아 신지도 않은 채 도망치듯 그 자리를 빠져나왔다. 어디로 가야 할지 알 수 없었지만 아이들과 선생님 곁에서 멀어지고 싶었다.

'내가 어떻게 따라잡은 건데, 일등이 아니면 모두 소용없는 것일까?'

다들 왜 그렇게 일등이라는 것에 연연하는지 모르겠다. 가장 높은, 가장 빠른, 가장……. 모든 것이 최고여야 한다. 세상에는 최고가 아니어도 충분히 가치가 있는 것들이 얼마나 많은데…….

멀리 한라산이 눈에 들어왔다. 1,950m. 나는 걸음을 멈추고 한라산 꼭대기를 바라보았다.

'사람들이 한라산을 좋아하는 것도 우리나라에서 가장 높은 산이기 때문일까?'

실망스런 선생님과 아이들의 얼굴이 지워지지 않는다. 하지만 나는 최선을 다했다. 그것으로 충분하다.

아이들은 한참을 떠들다 동시에 쥐 죽은 듯 잠잠해졌다. 버스는 빠른 속도로 서부산업도로를 달렸다. 어둠 속에서도 한라산이 보였다. 창가를 통해 밤하늘을 올려다보았다. 많은 별은 아니지만 별이 떠 있었다. 나는 빠르게 스치는 별을 오랫동안 응시했다. 하늘을 올려다보며 별을 헤아려 본 적이 언제였던가?

어릴 적, 한여름이면 평상에 누워 별을 바라보곤 했다. 가끔 떨어지는 별똥별도 보았다. 그러다가 하늘을 보는 것을 잊어버렸다. 낮의 맑은 하늘도, 별이 빛나는 밤하늘도, 나이를 먹으면서 머리가 무거워지는지 고개가 자꾸 하늘이 아닌 내 키만큼의 높이로 아니면 더 아래로 내려갔다. 나는 가장 반짝거리는 별 하나를 찾으려고 했다. 하지만 쌩쌩 달리는 버스 안에서 가장 반짝거리는 별을 찾기란 쉽지 않았다. 그만두었다. 어차피 별은 본래의 밝기와 거리에 의해 밝기가 결정되니 말이다.

할머니는 모든 사람에게 별이 있다고 했다. 많은 어른이 어린아이에게 수많은 별 중에 자신의 별이 있다고 말하는 것처럼. 하지만 할머니의 이야기는 거기서 끝나지 않았다. 할머니는 모든 별은 저마다 밝기를 갖는다고 했다. 그렇기에 사람들도 모두 별처럼 저마다 밝기를 갖고 있다고 했다. 하지만 우리 눈에 가장 반짝거리는 별은 그 별이 갖는 밝기뿐만 아니라 우리와 가까이 있기 때문이라고 한다. 할머니에게 내가 가장 반짝거리는 것처럼 다른 사람도 가장 가까운 사람에게 가장 반짝거린다.

나는 내 별이 아이들의 별 가까이서 빛나기를 바랐다. 우리

는 서로 다른 밝기를 가지겠지만 그래도 서로에게 가장 반짝거리
는 별이 되었으면 좋겠다.

빛나라, 나의 별아, 그리고 너의 별아!

12

언제나 널 응원할게

전도 체전의 결승전이 끝나자 훈련이 없어졌다. 운동부는 3학년 2학기에 올라가면 고등학교 진학을 결정하고, 운동을 계속할 경우 진학할 고등학교에 가서 연습을 하든지 아니면 공부로 진학할 경우 3학년 1학기에 운동을 그만두고 공부를 했다. 우리는 육상 때문에 훈련을 좀 더 오래한 것이다.

지난주 결승전이 끝난 후 아이들은 아직 어떤 결정을 내렸는지 말하지 않았다. 하지만 이렇게 모여 다니는 것도 마지막이 되리라 느낄 수 있었다.

우리는 중앙로 뒷골목으로 걸어갔다. 골목의 가장 끝에 자리

한 왕김밥집으로 들어갔다. 할머니가 주인인 이곳은 가게 이름처럼 김밥이 정말 크다. 일반 김밥의 두 배 정도의 크기다. 우리는 할머니에게 인사를 하고 떡볶이와 김밥을 시켰다. 가게는 우리 또래의 아이들로 북적댔다. 나는 퉁퉁 부은 빨간 떡볶이가 매워 물을 서너 번 들이켰다.

"너네 어떵 할 거냐?"

진영이 물었다. 아이들이 서로 눈치를 보자 미란이 먼저 입을 뗐다.

"난 운동 안 할 거. 그냥 공부해 볼래."

우리는 고개를 끄덕였다. 예상했다. 미란은 공부를 잘하니까.

"보미야, 너는? 운동할 거지?"

보미가 고개를 끄덕였다. 아이들은 더는 묻지 않았다. 보미가 육지로 진학하고 싶어 했지만 갈 수 없다는 것을 모두 알고 있다.

"경헌디, 나도 해 볼라고."

연희가 커다란 김밥을 입에 넣으며 말했다.

"뭘?"

"운동. 나도 고등학교에 강 투포환 계속하잰."

"정말?"

내가 묻자 연희는 그렇다고 고개를 끄덕였다. 연희가 운동을 계속할 거라고는 예상하지 못했다. 우리 중 보미만 운동을 할 것으로 생각했다.

"난 돈이나 벌잰. 여상 갈 거야. 졸업행(졸업해서) 돈 많이 벌어사주(벌어야지)!"

진영이 떡볶이를 입에 넣고 웅얼거렸다. 진영은 지금도 아저씨에게 맞지만 이제 아저씨가 무섭지 않다고 했다. 조금씩 당당하게 맞설 수 있다고 한다. 나는 진영이 단단한 대나무가 되어 간다는 것을 느낄 수 있었다. 강한 대나무가 되어 하늘 높이 뻗는 것만 같았다.

나만 남았다. 아이들이 모두 나를 쳐다보았다. 나는 아무것도 결정된 것이 없다고 어깨를 으쓱거렸다.

'결국 이렇게 뿔뿔이 흩어지는구나!'

아쉬웠다. 하지만 벌써 정해진 길인지도 모른다. 나는 아이들과 떨어진다는 것이 믿기지 않았다. 아이들은 벌써 각자의 길을 다 정해 놓고 있는데도 말이다.

우리의 구멍은 삼성혈처럼 각기 다를 것이다. 다른 삶을 사는 것은 벌써 정해진 일이다. 그래도 조금은 아쉽다. 이제 이렇게

달려라, 요망지게!

뭉쳐 다니는 것이 마지막이라니.

선생님 호출이다. 무슨 일일까?

잘못한 것이 없는데도 괜한 걱정이 앞섰다. 교무실 문을 열자 선생님이 고개를 내밀며 들어오라고 했다. 나는 재빨리 고개를 숙이며 우물쭈물 들어섰다.

"너, 아직도 결정 안 했니?"

선생님은 앉으라며 옆 의자를 내밀었다. 나는 고개를 끄덕이며 어색한 자세로 선생님과 나란히 앉았다.

"그래, 고등학교는 어디로 갈지 생각해 봤어?"

"아니오, 아직요."

"왜 운동은 안 하고 싶니? 너 정도 실력이면 고등학교 가서도 잘할 수 있어. 그리고 데려갔으면 하는 학교도 있고. 안 갈래?"

나는 고개를 저었다. 선생님은 잠시 생각해 보더니 다시 물었다.

"운동하기 싫어? 너무 많이 해서 질렸니?"

"네? 아니요."

나는 서둘러 둘러댔다. 어쩐지 선생님이 안쓰러워 보였다.

선생님은 아직도 우리가 선생님 때문에 어쩔 수 없이 운동을 했다고 생각하는 모양이다.

"그럼 왜?"

선생님의 얼굴을 빤히 보다 나는 고개를 숙였다. 웃음이 나올 것 같다. 걱정스러운 선생님의 모습에 장난스런 웃음이 터지면 곤란한데, 이상하게 기분이 좋다. 선생님이 나를 진심으로 걱정하는 것이 느껴졌다.

"선생님, 저 운동 안 좋아해요. 물론 지금은 그렇게 싫지는 않지만. 그래도 농구든 육상이든 운동은 계속하고 싶지 않아요."

선생님이 아무 말 없이 나를 쳐다보았다. 그러고는 잘 알았다며 나가 보라고 했다. 나는 일어나 공손히 인사를 하고 걸어 나왔다.

"선생님!"

문을 닫으려다 선생님을 불렀다. 선생님이 뒤돌아보았다.

"왜?"

"아, 아니에요."

나는 재빠르게 고개를 숙였다. 하지만 긴장해서 문을 제대로 닫지 못했다. 돌이켜 보면 우리는 운동을 하면서 육상 기술과 함께 참을성과 끈기를 익혔다. 또한 할 수 있다는 자신감과 무엇이든 노력하면 가능하다는 것을 배웠다.

선생님과 운동을 하게 되어서 좋았다고 말하고 싶었다. 만약 선생님이 오지 않았다면 이렇게 뿌듯한 기분으로 중학교를 졸업할 순 없었을 거라고 말이다. 하고 싶은 말들은 더 많았지만 그래도 지금은 운동이 싫지 않다고 말할 수 있어서 다행이다.

운동을 하겠다는 보미와 연희는 또다시 훈련에 들어갔다. 연희는 제주여고로 연습을 다녔고, 보미는 아직 학교를 결정하지 못한 채 2학년 아이들과 함께 훈련에 들어갔다. 더구나 11월 말에 마라톤 대회가 있어 연습을 게을리할 수 없었다. 미란은 인문계 고등학교를 목표로 단기 학원을 다니기 시작했다. 너무 늦지 않았을까 걱정도 됐지만 열심히 공부하는 미란을 보니 안심이 되었다. 진영도 날마다 도서실로 공부하러 다녔다. 가끔 교실에서 책을 보는 진영의 모습이 어색했지만 나름 심각하게 공부에 빠져 있었다.

문제는 나다. 아직도 어떤 결정도 내리지 못하고 있다. 운동을 하고 싶지도 않고, 그렇다고 공부에도 취미가 없고, 서울로 올라가야 할지, 여기에 남아야 할지 답을 찾지 못하고 있다. 할머니는 요즘 들어 자주 아빠 얘기를 꺼냈다. 내가 서울로 가기를 바라는 것일까?

할머니를 위해 서울로 올라가는 것을 생각해 보기도 했다. 틀림없이 할머니와 아빠는 좋아할 것이다. 하지만 그렇게 간단하지 않다. 남동생, 새엄마와 지내는 일이, 아는 이 하나 없는 서울 생활에 적응할 수 있을지 의문이다. 그리고 무엇보다 나는 이곳이 좋다. 파란 바다도, 거센 바람도 그리고 아이들도. 겁이 난다. 서울에서 혼자 될까 두렵다.

간만에 연희와 나는 용머리 아래로 내려갔다. 이제 농구부 아이들과 뭉쳐 다닐 일이 없어졌다. 너무나도 자연스럽게 우리는 각자의 인생으로 발을 내딛고 있었다.

"너 아직도 결정 안 했어?"

나는 고개를 끄덕였다.

"운동은 어때?"

"똑같지."

연희의 얼굴에 보조개가 생겼다. 하긴 훈련은 지겨울 만큼 매일 똑같다. 지겨움을 이겨 내는 것이 운동의 매력이다. 이제는 예전처럼 운동이 싫지 않다. 적어도 운동의 매력을 알 수는 있을 것 같다.

"비행기다!"

멀리 비행기가 윙윙 요란한 소리를 내며 날아오고 있다. 연희가 하늘을 올려다보았다. 비행기가 낮게 날아 우리의 머리 위로 지나갔다.

"잠자리 몸통 같다. 비행기 몸체 잠자리랑 똑같지 않아?"

그전에는 몰랐는데 밑에서 올려다보니 비행기의 몸체가 마치 잠자리의 몸통 같았다. 연희도 그런 것 같다며 끄덕였다.

"우리 언니, 다리 아프잖아."

연희가 갑작스럽게 언니 이야기를 꺼냈다. 연희의 집을 다녀오고 나서 우리는 성희 언니에 대한 말을 금기처럼 꺼내지 못했다.

연희가 남부러울 게 없다고 생각했다. 경찰이고 잘생긴 아빠, 요리를 잘하는 엄마, 언니, 동생까지 있으니. 물론 성희 언니가 뇌성마비라는 것을 알기 전까지 말이다. 물론 연희와 가족들이 절대 그 사실에 굴하지 않는다는 것을 알지만 나는 이상하게 눈치를 보며 성희 언니의 이야기를 피했다.

"나, 솔직히 너희에게 언니 보여 주는 거 창피핸. 경해부난

(그래서) 전에는 너네 우리 집에 안 데려간 거.”

“무슨 말이야?”

나는 연희가 당당한 모습을 보여 줬기에 성희 언니를 창피해
한다는 것이 믿기지 않았다.

“우리 언니 장애인이잖아. 경해부난 너네 집에 안 데려간 거
라고.”

연희가 나를 쳐다보았다.

“연희야, 나였다면 아마 끝까지 데려가지 못했을 거야.”

연희를 위로하려고 한 말이 아니다.

“나도 너하고 똑같아. 경헌디, 그때 중앙로에서 가이(그애)
보난(보고 나니) 언니한테 미안하더라. 너무 미안핸.”

“박가?”

나는 중앙로에서 있었던 일을 떠올렸다. 박가를 때리려 했던
것을 말렸던 연희의 모습, 도망칠 때 박가에게 얘기하던 모습도
떠올랐다.

‘그래서였구나! 박가에게 관심을 보였던 게.’

“나 언니 보살피젠(보살피려고) 경찰 될라고 결심했는디,
어떵 언니 창피해 하멍(하면서) 그럴 수 있겠냐?”

우리는 연희가 아빠 때문에 경찰이 되고 싶은 줄 알았다.

"걱정 마! 넌 힘이 세니까 성희 언니 잘 돌봐 줄 수 이서(있어). 강씨할망이 울고 갈 천하장사 아니야."

"강씨할망이 누구?"

"이서, 아주 힘센……."

나는 할머니가 들려준 옛이야기 속 강씨할망이 남성들도 들지 못하는 커다란 돌을 들어 올린 이야기를 해 주었다. 내 말에 연희가 '푸하하' 웃음을 터뜨렸다.

나는 경찰관이 된 연희가 성희 언니의 손과 발이 되는 모습을 그려 보았다. 아주머니의 등에 혹처럼 매달린 성희 언니 모습이 아니라 섬에서 가장 멀리 포환을 던질 수 있는 힘센 연희가 언니를 번쩍 안아 올리는 모습이 강씨할망과 겹쳐졌다.

늦은 저녁 아빠의 전화를 받았다.

"……경미야, 미안하다. 아빠가 미안하다……."

술에 취한 아빠는 고장 난 라디오처럼 미안하다는 말을 계속 되풀이했다. 아빠가 우는 것만 같았다. 미안하다는 말이 이렇게 가슴을 아프게 하는 말인지 처음으로 알았다.

'……나도 미안해. 아빠.'

나는 수화기를 붙잡고 마음속으로 되뇌였지만 한 마디도 꺼내지 못했다. 손등으로 흐르는 눈물을 재빨리 훔쳤다. 할머니가 걱정스런 얼굴로 나를 쳐다보고 있었다.

보미의 마라톤 대회가 일주일 앞으로 다가왔다. 보미는 처음으로 3km 마라톤 대회에 참가한다. 대회에서는 3km를 뛰지만 연습 때는 보통 15km를 뛴다고 했다. 나는 15km가 얼마나 많이 뛰어야 하는지 머릿속으로 그려 보았지만 잘 그려지지 않았다. 100m를 열 번 뛰면 1000m, 1000m를 열다섯 번 뛰어야 15km가 되나? 보미는 어떻게 그렇게 먼 거리를 잘 뛸 수 있을까?

나는 보미가 정말 대단하다는 생각이 들었다. 매일 15km를 뛰는 보미는 벌써 유명한 마라토너가 된 듯했다. 우리는 다음 주에 있을 보미의 경기에 모여 함께 응원을 가기로 했다.

"경미야!"

보미가 뛰어와 내 어깨를 쳤다. 연습이 끝나 집으로 가는 모양이다.

"이제 집에 가? 훈련은?"

"응, 끝났어."

"혼자 연습해? 선생님 출장 갔어?"

"응. 다음 주 토요일에 경기장 올 거지?"

나는 고개를 끄덕였다. 아이들도 모두 함께 간다는 말을 덧붙이자, 보미가 펄쩍 뛰며 좋아했다.

"경미야, 나 이번 마라톤에서 우승하면 서울로 고등학교 갈 수 있어."

"정말? 진짜야?"

보미가 서울로 고등학교를 갈 수 있다는 것이 너무 기뻤다.

"응, 우승하면. 지난번 학교로. 그래서 나 꼭 우승하고 싶어. 너는 어떡하기로 했어?"

"잘 모르겠어."

"아빠한테 안 가도 되는 거야?"

보미가 걱정스러운 듯 물었다. 나도 아직까지 결정하지 못한 것이 큰일인지 안다. 하지만 지금은 어떤 결정도 내릴 수가 없다.

"어쩌면 아빠한테 갈지도 몰라. 아빠가 그러길 원하니까. 아니 나도 그러고 싶기도 해. 근데 아직은 잘 모르겠어. 내가 잘할 수 있는 게 무엇인지, 무얼 하고 싶은지."

보미는 혼란스러운 내 마음을 모를 거다. 나도 내 마음을 모르겠다.

"보미야, 사실 나 너 봤어. 사라봉에서 혼자 연습하는 거."

"어? 아, 그때!"

보미가 어색하게 웃었다.

"그때 너 정말 부러웠어. 물론 지금도. 넌 꿈이 있으니까, 열심히 하잖아."

나는 한숨을 크게 내쉬었다. 우리는 한동안 아무 말 없이 걸었다.

"나 뛰는 거 정말 좋아. 처음에는 너무 힘들고 그랬는데, 왠지 계속 뛰고 있으면 내가 살아나는 것 같아 기분이 좋아."

"살아나는 것 같다고?"

보미가 고개를 끄덕였다. 달리면 살아난다니? 나는 잘 모르겠다.

단거리와 장거리는 같은 육상 종목이지만 굉장히 다르다. 직선을 한숨에 몰아 뛰는 단거리는 한순간의 질주다. 아무 생각 없이 큰 숨을 참고 들이쉰 다음 숨을 멈춘 상태로 달리면 모든 것이 정지된 느낌이 든다. 우주에 둥둥 떠 있는 느낌 같기도 하고, 새처럼 공중에 둥둥 떠 있는 것 같다. 하지만 장거리는 그렇지 않다. 직선과 곡선의 운동장을 몇 번씩이나 반복해서 돌아야 했고, 호흡도 조절하며 뛰어야 한다. 장거리를 달릴 때면 내 몸은 로딩되는 느린 컴퓨터 화면처럼 수만 가지 잡생각들이 스치고 지나갔다. 고통도 오랫동안 계속된다. 그런데 보미는 그 순간에 자신이 살아나는 것 같다고 한다.

"선생님이 마라톤은 우리 인생 같다고 했어."

"인생?"

"응. 우리 인생처럼 기쁨과 슬픔, 고통, 환희가 모두 다 있대. 정말 뛰다 보면 그런 감정들을 모두 겪을 수 있어. 그리고 너한테도 있을 거야. 네가 살아나는 느낌이 들도록 하는 너의 꿈이. 아직 찾지 못했을 뿐이지."

"……정말 나도 그런 꿈을 찾을 수 있을까?"

보미가 조금 뒤 천천히 고개를 끄덕였다.

"있잖아, 네 꿈이 무엇이든 언제나 널 응원해 줄게. 네가 언제나 날 응원하듯이 말이야. 그리고 이제 좀 웃어라. 안 그래도 못생긴 얼굴이 더 찌그러지겠다."

보미가 내 겨드랑이에 손을 넣고 간지럼을 태웠다. 나는 '까르르' 소리를 내며 아이처럼 웃었다. 내가 무엇을 해도 보미는 언제나 내 편이란다. 가슴이 찡하다. 그렇게 말해 주는 보미가 고마웠다.

달리고 달리면

일요일 아침부터 미란의 집에서 모이기로 했다. 내가 보미를 뺀 모두에게 핸드폰 메신저로 연락했다. 아이들은 무슨 일인지 모른 채 미란의 집으로 모여들었다.

"무사?"

내가 들어서자마자 진영이 삐딱하게 앉아서 소리쳤다.

"있잖아. 우리 낼부터 딱 나흘만 운동하자. 응?"

아이들이 무슨 말인지 궁금해 했다. 입술이 바짝 타들어 갔다. 내가 아이들을 불러들인 것도 무엇을 해 보자고 이렇게 부탁하는 것도 처음이다.

"무슨 말이야? 왜 운동을 해야 하는데?"

미란이 묻자, 아이들도 빨리 말하라고 재촉했다.

"그러니까, 토요일이 보미 마라톤 대회잖아."

아이들이 고개를 끄덕였다.

"그때까지 우리가 같이 연습해 주자고."

"뭐? 보미랑 15km를 뛰자고?"

아이들이 다들 질린 얼굴을 했다. 나는 아니라고 팔과 손을 재빨리 저었다.

"그게 아니라, 내가 어젯밤에 생각해 봤는데……."

내 생각은 이랬다. 보미는 매일같이 15km를 완주하는데 출발과 마무리 1.5km를 빼고 나머지 12km를 우리가 각각 3km씩 구간을 나눠 뛰어 주자는 것이다.

"경헌디, 무사? 선생님이 뛰어 주랜?"

선생님이 출장 간 것을 연희는 알고 있었다.

"아니, 그건 아니고. 예전에 선생님이 장거리는 함께 뛰어 주는 게 젤 좋다고 해서. 그거 뭐냐? 페이스메이커가 필요한 거지."

"페이스메이커?"

마라톤에는 오랜 시간 홀로 질주하기에 옆에서 함께 뛰어 주는 페이스메이커가 있다고 선생님이 알려 줬다.

"그래도, 난 공부해야 하고."

미란이 어렵다는 듯 망설였다.

"야, 3km 장난 아닌데."

연희는 자신이 그렇게 먼 거리를 뛸 수 있을지 걱정했다. 사실 나도 그것이 가장 걱정스럽다. 그러자 진영이 버럭 화를 냈다.

"너넨 친구가 그것도 못 해 주냐? 야, 해! 하자고."

역시 진영이다. 팔을 걷어붙이고 흥분하는 진영을 보니 웃음이 터졌다.

"그리고 실은, 보미가 어제 말해 줬는데. 이번에 보미 일등하면 서울, 그 고등학교로 갈 수 있대."

"진짜?"

아이들이 모두 정말이냐며 되물었다. 모두의 얼굴이 환해졌다. 우리는 마치 보미가 서울 고등학교로 갈 것이 정해진 것처럼 흥분했다.

그렇게 해서 우리는 월요일 오후에 체육실에 다시 모였다. 2학년 후배들은 무슨 영문인지 몰라 어리둥절했다.

보미는 왜 왔느냐며 옷을 갈아입는 동안 우리에게 물었다.

"너랑 같이 연습하려고."

"진짜? 진짜야?"

우리가 훈련을 도와주겠다고 말하자 보미는 좋아 팔짝 뛰었다. 보미의 15km 코스는 종합경기장에서 시작해서 공항, 하귀에서 도두를 돌아 그리고 신제주로 빠져 다시 종합경기장으로 돌아오는 것이다. 미란이 가장 먼저 뛰어 공항에서 하귀 중간까지, 그 뒤를 진영, 내가 세 번째, 마지막 구간인 신제주까지 연희가 뛰기로 했다. 우리는 진 선생님께 부탁받은 불독의 차를 타고 미리 각 구간에 서 있다가 보미가 도착하면 함께 자신이 맡은 구간을 뛰었다.

어른들은 어울려 다니는 것도 모두 다 한때라고 말한다. 특히 우리가 중학생이라 더 그런 것이라고 얘기한다. 고등학교에 가면 친구보다 공부가 더 중요하고, 나중에 사회인이 되면 일에 치여 친구 같은 건 잊고 산다고. 그때가 되면 어울려서 노는 것이 무의미해지고 그런 구속이 점점 싫어질 거라고 했다.

나는 우리가 조각난 퍼즐이 되어 버렸다고 걱정했다. 농구로 완성되었던 하나의 그림이 육상 때문에 조각조각 부서졌다고 생각했다. 육상이 단체 운동이 아니라 개인 운동이라서 우리가 이렇게 되었다고 여겼다.

하지만 아니다. 우리는 각기 조각에 스스로의 그림을 넣고 있다. 자신만의 색깔과 모양으로. 그렇다고 걱정할 것은 없다. 그 조각조각들은 하나의 퍼즐로 완성될 것이다. 다양한 조각 그림이 어우러져 있는 풍경화 같은 퍼즐로 언제든지 말이다. 어떠한 색깔이나 모양이든 괜찮다. 우리니까, 우리니까 충분히 잘 어울릴 게다.

"야, 죽어도 못 뛰겠다."

"나도!"

"그만두면 안 될까?"

첫날 훈련을 끝낸 아이들은 힘들다고 난리였다. 특히 진영이 더욱 그랬다. 정말 나흘이기 망정이지, 아마 열흘을 그렇게 뛰라고 했으면 모두 죽어도 못했을 것이다. 우리는 말로는 구시렁댔지만 남은 사흘 동안 누구도 늦지 않고, 제시간에 체육실에 나타나 운동복을 갈아입고, 보미의 훌륭한 페이스메이커가 되어 주었다.

오랜만에 혼자 다끄네 바다에 나왔다. 방파제 위에는 낚시하는 아저씨들이 줄지어 낚싯대를 바다에 드리우고 있었다. 가을이 되자 바다 냄새가 더 옅어졌다. 뜨거운 여름 습기와 함께했던 밍밍한 소금기가 가을 공기에 스며들어 날아간 것 같다. 밖은 늦은 오후인데도 아침인지, 이른 저녁인지 때를 짐작하기 어려웠다. 들고 나는 파도는 사진처럼 잔잔했다. 바다를 감싸는 공기마저도 소리를 품지 않은 것처럼 고요했다. 어디가 하늘의 끝인지 바다의 시작인지 알 수 없다. 이상한 날이다. 나는 바다의 왼쪽에서부터 오른쪽으로 천천히 그리고 아주 꼼꼼히 훑어보았다. 움직임이 있는 무언가를 찾고 있다. 파도, 물결, 갈매기 떼, 바위에 앉아 있는 가마우지, 물결, 가마우지, 배, 파도, 물결, 파도 위에 떠 있는 갈매기, 해녀…….

'……돌고래. 찾았다!'

이런 날엔 돌고래가 잘 보였다. 남방돌고래다. 용담 바다는 남방돌고래들이 이호해수욕장 쪽으로 이동하는 통로다. 한 마리, 두 마리, 그 뒤를 보니 '오 마이 갓!' 스무 마리가 넘었다. 스무 마리가 넘는 돌고래 무리는 도두를 향해 가고 있었다. 물 위를 폴폴 뛰어오르는 돌고래들은 마치 파도 같아 보였다.

"와~~~아, 돌고래!"

소리를 지르며 돌고래를 따라 뛰기 시작했다. 낚시를 하던 아저씨들이 소리치는 나를 돌아다보았지만 신경 쓰지 않고 돌고래 떼를 쫓아갔다. 돌고래들의 긴 행렬과 달리는 내가 함께 움직였다. 마치 나도 돌고래가 되어 함께 바다를 헤엄치는 것만 같았다. 얼마나 달렸을까? 어영 마을까지 왔다. 나는 더는 쫓아가지 못하고 달리기를 멈췄다. 가슴이 터질 것만 같았다. 아픈 가슴을 두드리며 앞으로 나아가는 돌고래들을 보며 아쉬워했다. 내가 아무리 빨라도 돌고래 떼를 쫓아갈 수 없다. 돌고래 떼는 이호해수욕장 쪽으로 나아가고 있었다. 조금 뒤 다시 고개를 들었을 때, 돌고래 한 마리가 되돌아오고 있었다.

'무슨 일이지?'

나는 바다를 향해 몸을 돌리고 돌아오는 돌고래를 바라보았다. 돌고래는 내 앞 바다에 와서 폴짝폴짝 위로 뛰어올랐다. 마치 나를 보기라도 하는 듯했다. 바다로 뛰어들고 싶다는 충동이 일었다. 바다로 뛰어들어 돌고래와 장난을 치고 싶었다. 돌고래는 영리한 동물이다. 텔레비전 프로그램에서 사람과 의사소통하는 돌고래를 본 적이 있다. 그 프로그램을 보고 나서 가끔 바다에서 돌고래를 만나는 꿈을 꾸곤 했다. 얼마나 지났을까? 나는 점점 멀어지는 돌고래 떼를 보며 눈앞의 돌고래가 걱정되었다.

"이제 가. 친구들이 모두 가잖아. ……너 혼자 되잖아. 빨리 가. 빨리!"

무리 중 세 마리 돌고래가 되돌아오고 있었다. 그들은 무리에서 혼자 떨어져 나간 사고뭉치 돌고래를 데리러 온 건지 자신들도 놀러 온 장난꾸러기인지 알 수 없었지만 놀랍게도 장기 자랑이라도 하는 듯 내 눈앞에서 높이 오르기를 했다. 바다 위를 뛰어올라 통통 배치기를 하는 돌고래들의 모습에 나는 "와, 와!" 탄성만 내뿜었다.

'대단해!'

어떤 말로도 표현할 수 없었다. 가슴이 벅차오르고, 이상하게도 눈물이 핑 돌았다. 곧 식당에서 나온 관광객 가족들이 내 옆으로 몰려와 소리를 질렀다. 얼마 뒤 네 마리의 돌고래는 멀어져 간 돌고래 떼를 쫓아 이호해수욕장으로 향했다. 나는 돌고래들이 보이지 않을 때까지 그대로 서 있었다. 온몸에 전율이 흐르는 것 같았다. 이 순간의 느낌이 평생 기억될 것 같았다.

'아쉽다! 아이들도 같이 봤으면 좋았을 텐데.'

나는 바지 주머니에 있는 핸드폰을 꺼내 보미에게 연락했다.

달려라, 요망지게!

전화벨이 수차례 울리고서야 보미가 전화를 받았다.

"경미야. 왜?"

"돌고래. 돌고래 봤어."

"뭐?"

보미가 뜬금없다는 듯 되물었다.

"나, 지금 다끄네 바다인데, 돌고래 떼가 방금 지나갔어. 정말 많이. 너도 같이 왔으면 좋았을 텐데."

보미가 웃었다.

"좋았어?"

"응. 아주 많이. 너도 보면 진짜 좋았을 텐데."

"나중에 보면 되지."

보미는 대답 후 또 웃었다. 유치해서 그런 걸까. 나는 보미와 전화를 끊고, 바다를 다시 보았다. 언제쯤 다시 돌고래 떼를 볼 수 있을까? 어쩌면 다시 만나도 이날의 기분을 느끼지 못할 것만 같았다.

돌담 콩밭에는 진녹색에서 갈색으로 콩깍지가 여물어 가고 있었다. 그곳에는 하얀 나비들이 가득했다. 나비 떼들의 날갯짓이 공중에 마치 멈춰 선 듯 느리게 움직였다. 조금 걸어가니 화단에 코스모스 꽃이 가득했다. 분홍, 흰색, 보랏빛 색색 코스모스는 바람이 없는데도 미세하게 흔들리고 있다. 오늘이다. 하얀 나비 떼들이, 코스모스가, 돌고래들이 아무도 모르게 움직이는 날, 바로 가을의 마법이 시작되는 날이다.

"너네랑 함께 뛰는 것 같을 거야!"

마지막 연습이 끝나자 보미가 말했다.

"야, 다시는 우리 못 뛴다. 알지. 이게 마지막이야."

연희가 엄살을 부렸다. 진영도 자신의 인생에 더는 마라톤 따위는 없다고 했다. 나도 고개를 끄덕였다. 보미와 뛰었더니 며칠 사이 살이 쭉 빠진 느낌이다.

"야, 그런 게 어디 있어. 다음에도 꼭 같이 뛰어 줘."

보미가 애교를 부리며 우리에게 달라붙었다. 진영이 질색하며 도망쳤다. 우리는 킥킥거리며 보미에게 가까이 오지 말라고 발길질을 했다.

이제 마라톤 대회는 보미만의 경기가 아니다. 우리를 대표로 보미가 뛰는 것이다. 우리는 보미가 일등이 되길 빌고 또 빌었다.

진 선생님이 우리에게 저녁을 사 준다고 해서 우리는 선생님이 알려 준 학교 앞 중국집으로 향했다. 진 선생님은 내년에 영입할 초등학교 선수들을 살피는 업무로 바빴다.

"아, 난 자장면보다 피자 취향인디."

"난 스파게티."

"난 삼계탕."

"그냥, 사 주는 거 감사히 먹어라."

미란이 구시렁대는 우리를 구박했다. 중국집에 들어서자 진 선생님과 불독이 먼저 와 있었다. 진 선생님이 우리를 보자 반갑게 손을 흔들었다. 우리는 어색하게 불독과 진 선생님께 인사를 하고 옆 테이블에 앉았다. 진 선생님이 먹고 싶은 것을 고르라고 하자, 진영이 갑자기 손을 들며 곤말로 물었다.

"선생님, 탕수육 먹어도 돼요?"

역시 진영밖에 없다. 선생님은 잠시 당황했지만 고개를 끄덕였다.

'아싸, 탕수육!'

"근데 선생님, 팔보채 먹어도 돼요?"

"안 돼!"

선생님이 인상을 쓰며 말했다. 우리는 히죽대며 진영의 머리를 쥐어박았다.

식사를 마치자 진 선생님은 보미에게 마라톤 대회에서 긴장하지 말라고 자신의 경험담을 들려주었다.

선생님이 일반부 전국 체전 마라톤 경기에 참가했을 때였다. 선생님은 오후 3시에 시작할 경기를 앞두고, 1시간 정도 시간이 남아 있어 혼자 다른 경기장에서 몸을 풀고 있었다고 한다.

"구병아, 빨리 와. 빨리. 지금 경기 시작한대."

선생님의 친구가 허겁지겁 달려오며 소리쳤다.

"무슨 소리야? 경기가 왜 지금 시작해?"

"일이 생겨서 경기가 1시간 정도 일찍 당겨졌대. 지금 다 모였어. 너 찾는다고 난리야. 방송 못 들었어?"

경기장에 도착한 선생님의 행동은 우리의 예상 밖이었다. 선생님은 심판들에게 왜 제시간에 경기를 시작하지 않느냐고 항의를 했고, 심판들은 사정이 생겨 어쩔 수 없으니 양해를 해 달라고 부탁하고는 빨리 준비를 하라고 했다. 마라톤에 참석한 선수들이 모두 출발선 앞에서 선생님을 쳐다보고 있었다. 선생님은 그 선수들이 기다리는데도 경기장 한가운데 앉아서 천천히 스파이크를 갈아 신었다고 한다. 그러고는 다리를 풀기 위해 두 번 달리기까지 했다고 한다.

"왜요?"

나는 선생님이 한 행동이 이해 가지 않아 물었다. 보통 그런 상황이라면 빨리 출발선에 가서 출발 준비를 하지 않을까 생각했다.

"그건 말이야. 내가 그럴수록 다른 선수들이 불안해지고 긴장하지. 마라톤은 다른 선수들과의 정신력 싸움이야. 서로의 호흡만 들어도 그 선수가 어떤 상태인지 가늠할 수 있어. 내가 그들보다 더 우위에 있다는 걸 과시하기 위해 그런 행동을 한 거야. 정신적으로 다른 선수들을 긴장시켜서 우위에 서려는 거였지."

나는 이해가 되기도 했고, 그렇지 않기도 했다. 하지만 다른 아이들은 모두 선생님 말에 고개를 끄덕였다. 보미도 알겠다는 듯 고개를 끄덕였다. 나는 선생님의 대단한 자신감에 다시 한 번 놀랐다. 그러고는 어떤 상황에서도 긴장하지 않고 자신만의 페이스로 달리는 보미의 모습을 그려 보았다.

선생님들과 헤어지고 우리는 집으로 가는 버스에 올랐다.

"근데, 불독이 무사 불런?"

연희가 미란에게 물었다. 우리도 궁금해서 미란을 쳐다보았다. 식당에서 나올 때 불독이 미란을 불러 뭐라고 했다.

"아, 별거 아니. ……미안하댄."

"뭐가?"

미란이 말은 이러했다. 예전에 미란이 창던지기 연습할 때 불독에게 야단을 맞았다고 했다. 미란의 창던지기 자세가 바르지 못했다는 이유다. 그런데 며칠이 지난 뒤 불독이 진 선생님한테 미란의 창던지기 자세를 물었고, 진 선생님은 그 자세 역시 가능하다고, 미란이 습관적으로 왼쪽으로 손목을 꺾기 때문에 창을 엄지와 검지가 아닌 검지와 중지로 잡게 했다고 알려 줬다고 한다.

"불독은 잘 알지도 못하면서."

진영이 투덜거렸다.

"근데 너 무사 불독한테 말 안 핸?"

연희가 내가 궁금한 걸 물었다. 왜 미란은 불독에게 직접 설명하지 않은 걸까?

"그냥. 귀찮아서."

미란은 어깨를 으쓱해 보였다.

"그런데 불독이 미안하다고 했다고?"

나는 미란이 귀찮아서 말하지 않았다는 것보다 불독이 사과를 했다는 사실이 더 놀라웠다. 미란이 성격이라면 그럴 수도 있다. 그런데 불독은? 나는 미란을 부르는 불독의 모습을 떠올리며, 우리가 불독 선생님을 너무 편파적으로 싫어하는 게 아닐까 생각되었다. 자신보다 나이가 어리고, 지위가 낮은 사람에게 사과를 할 수 있는 어른은 생각보다 많지 않다. 이 일로 불독 선생님이 조금 더 어른스럽게 느껴졌다. 누군가를 제대로 아는 건 정말 힘든 일이다.

버스에서 내리자 밖은 벌써 깜깜했다. 가을이 오면서 해가 짧아졌다. 서쪽 밤하늘에는 개밥바라기가 떴다. 저녁이면 가장 먼저 떠서 밝게 반짝거리기 때문에 언제나 쉽게 찾을 수 있다. 개밥바라기는 지구 가까이에 있는 금성이다. 아침에는 동쪽 하늘에서 보이고, 샛별이란 이름으로 불리고, 저녁에는 서쪽 하늘에서 보이고, 개밥바라기라고 부른다.

"오늘 보름이야? 보름달 떴네."

둥근 보름달이다. 아이들이 동시에 하늘을 올려다보았다.

"그러네. 보름달이네."

오랜만에 올려다보는 밤하늘이다. 아이들은 자연스럽게 고개를 돌리며 별을 찾았다. 별이 많이 보이지는 않았다. 환하게 켜

진 가로등 불빛과 상가 네온사인 때문이다. 이제 어릴 적 보았던 수많은 별들이 가득한 아름다운 밤하늘을 보기가 어렵다.

"이제 정말 마지막이다. 그치?"

보미의 말에 고개를 끄덕였다. 아이들은 다시 걸어갔다. 갈림길이 나오자 우린 늘 그렇듯이 얼굴도 쳐다보지 않은 채 건성으로 인사하고, 미란과 연희, 진영이 각각 자기 집 골목으로 사라졌다.

나와 보미가 우리가 졸업한 서 초등학교를 지날 때였다. 보미가 학교를 쳐다보았다.

"학교 작아졌다."

"응."

분명히 초등학교 때에는 학교가 크다고 생각했는데, 우리가 큰 것인지 학교가 작아 보였다.

"농구 골대, 운동장에 그대로 있을까?"

"그대로 있겠지."

보미는 운동장 쪽으로 고개를 돌렸다. 나는 보미가 농구 골대를 보고 싶어 한다고 생각했다. 하지만 우리는 서로 운동장에 가자고 말하지 않았고, 발걸음을 늦추거나 돌리지도 않았다. 그리고 아무 말도 하지 않고 조용히 걸었다.

우린 각자 다른 고등학교에 가고 어쩌면 제주를 떠날지도 모르겠다. 그리고 우리가 어떻게 변할지, 언제 다시 만날지도 알 수 없다. 하지만 우린 기억할 것이다. 우리가 함께 달렸던 그 순간을 그리고 우리의 가슴이 뛰었던 그 순간에 우리가 함께했다는 것을 말이다.

토요일 아침, 우리는 보미의 경기를 보기 위해 제주종합경기장으로 갔다. 사람들이 많이 몰려와 있었다. 방송국에서도 나왔다. 지나가는 차를 정렬하는 경찰차들과 경찰관들의 모습도 보였다. 마라톤에 이렇게 많은 아이들이 뛰는지 몰랐다.

우리는 보미를 보기 위해 사람들 사이로 파고들었다. 보미가 출발선 무리에 뒤쪽에 서 있었다.

"보미야, 보미야! 앞으로, 앞으로 나와!"

우리는 무조건 앞으로 나오라고 소리쳤다. 보미가 아이들을 헤치고 맨 앞줄로 나와 손을 높게 흔들었다. 보미가 우리를 보며 살짝 웃었다. 이제 곧 출발이다.

"탕!"

총소리와 함께 아이들 무리가 한꺼번에 빠져나갔다. 우리는 앞에서 달리는 보미를 향해 소리쳤다.

"보미야, 달려, 달려!"

보미는 별이 될 것이다. 마라토너의 별. 우리 또한 모두 별이 될 것이다. 각기 다른 밝기를 가지겠지만 서로에게 가장 빛나는 별이 될 것이다.

이제, 여기서 기다리기만 하면 된다. 일등으로 달려올 보미에게 이렇게 소리치기만 하면 된다.

'보미야, 달려, 요망지게!'

작가의 말

오랜 서울 생활을 정리하고 고향인 제주로 내려온 지 벌써 6개월이 지났습니다. 태어나고 지금까지 사는 동네는 오랜 세월에도 모습이 변하지 않았습니다. 초등학교 건물이며, 밤새워 놀았던 독서실, 잡지를 보러 다녔던 서점, 친구들과 함께 떠들고 걷던 그 좁은 골목길까지 많은 것들이 그대로입니다. 금방이라도 수십 년 전 과거로 돌아갈 수 있을 것 같습니다. 한 친구는 이 동네가 변하지 않는다며 투덜거렸지만, 저는 그대로 있어서 감사하고, 다행이라고 여겼습니다.

매일 아침, 바다를 보고 걷습니다. 시시각각 바뀌는 바다를 보며, 짭짤한 바람 냄새를 맡으며, 친구들과 같이 걷던 그 길을 돌아봅니다. 서로의 꿈을 응원하던 그때가 그립습니다. 그 시절

달려라, 요망지게!

친구들과 함께해서 좋았습니다.

저는 이야기 속 주인공들처럼 육상과 농구를 했습니다. 학창 시절에는 무엇에도 최선을 다하지 않았습니다. 꿈이 없었기에 노력할 것이 없었습니다. 하지만 육상을 배우면서 조금씩 깨닫기 시작했습니다. 스스로 노력하는 일이 얼마나 값진지, 무언가를 노력해서 이루는 성취감이 얼마나 기쁜지 알게 되었습니다. 달리기를 통해서 인생을 조금씩 깨우쳤습니다. 그래서 그 시절을 제 인생의 가장 빛나던 때라고 생각합니다.

당신에게 빛나던 때는 언제인가요?

당신을 빛나게 해 주는 일은 무엇인가요?

당신을 빛나게 할 친구가 있나요?

당신 인생에도 밤하늘의 별처럼 빛나는 친구들이 그리고 하고 싶은 일이 있기를 바랍니다.

함께 웃고 울던, 땀 흘리며 달렸던 친구들에게, 그리고 달리기라는 마법을 알려 준 윤필병 선생님께 감사의 마음을 전합니다.

2021년 6월 곽영미